世界是用来听的

李立宏 著

中国传媒大学出版社
·北京·

李立宏（1964—），生于北京，少年时着迷于声音表演，1982年被北京广播学院（后更名为中国传媒大学）录取，就读于播音专业。1986年毕业后，留校任教至今已三十余年。

作为"82播"的传奇式人物，他早在大学时代就开始参与各类有声语言艺术的录制，至今已经有作品千余部，涉猎领域包括电影、电视剧、动画片的角色配音，以及纪录片解说、小说演播等，还出演了文艺电影《宽恕》（2017）的男主角。

他的嗓音浑厚深沉，音色稳健，既具有智者的韵味，又蕴含如慈父般的深情。著名的纪录片《舌尖上的中国》，通过他的声音与美食形成的双重冲击，引发了国内对"声音味觉"的审美讨论。

主要作品有（部分）

电影
《西游记之大闹天宫》玉帝（周润发饰）
《四大名捕大结局》诸葛正我（黄秋生饰）
《河东狮吼2》刘大（许绍雄饰）
《岁月神偷》大伯（秦沛饰）
《喋血孤城》余程万（吕良伟饰）
《阿凡达》杰克（萨姆·沃辛顿饰）
《背水一战》欧文斯（阿诺德·施瓦辛格饰）
《建党伟业》张謇（任达华饰）、林森（吴宇森饰）
《鸿门宴》范增（黄秋生饰）

电视剧
《琅琊榜》梁王（丁勇岱饰）
《北平无战事》何其沧（焦晃饰）
《天龙八部》03版段正淳（汤镇宗饰）、汪剑通（张纪中饰）
《三国演义》94版刘备（孙彦军饰）
《战长沙》胡老太爷（王永泉饰）
《金大班》陈荣发（黄秋生饰）
《神雕侠侣》郭靖（王洛勇饰）
《乔家大院》孙茂才（倪大宏饰）、顾天顺（蒋国印饰）
《天下第一》铁胆神侯（刘松仁饰）

《西游记》玉华州国王（尼格木图饰）、牛魔王（王夫棠饰）、火焰山土地（吉有饰）、镇海寺主持（吴棠饰）、玉华州大王子（张扬饰）

纪录片
《舌尖上的中国》
《风味人间》
《辉煌中国》
《大国重器》
《公司的力量》
《京剧》

动画片
《加菲猫》（1982年版）加菲
《米奇唐老鸭高飞三剑客》高飞
《小熊维尼与跳跳虎》（2008年版）跳跳虎
《蓝皮鼠和大脸猫》（1993年版）大脸猫
《魁拔》村长
《柯南剧场版》目暮警官
《美女与野兽》（1991年CCTV-6版）贝尔父亲

宽厚的声音匠人

（代序）

陈晓卿

立宏的新书出版，要我写个推荐的序，我没犹豫就答应了。

看完书稿才发现，原来这是一本关于声音艺术的业务随笔，很严肃也很严谨，我读起来都要琢磨半天，显然没有资格写序。不过既然承诺了也不好变卦，于是我决定写一写我认识的李立宏这个人。1982年，李立宏和我同时考入北京广播学院（现中国传媒大学），他在播音系，我在电视系。至今，我们相识已经36年，算老朋友了。

不过遗憾的是，相当长的时间我和立宏都没有在工作上合作过。偶尔在央视的配音间见他，我都会开玩笑说，下一次你降降价，让我折磨一下你。尽管他已经是国内一线声优，但在我眼里他依旧是我要好的同学，是那种逆来顺受，从来不抱怨，然后总会温吞吞准点到来的人。2012年，做《舌尖上的中国》，我和团队决定用李立宏配旁白。

正是这次的合作，让我认识到了李立宏的另一面。

纪录片解说，国内许多老师的方法是，依赖自己良好的声音条件，很职业地把声音机械均匀地录在一条磁带或硬盘上，由剪辑师自己去剪。这种方法，对那些解说词为主导的纪录片是可行的，但我不喜欢。所以，配音前我跟立宏说，这次的片子是拍出来而不是写出来的，希望你对着画面解说。李立宏非常吃惊，说自己的解说生涯里，"从来没有不看画面配过一次音。"我将信将疑："现在还有这么认真的人啊？"

正式配音之前，他一板一眼对着镜头把文稿先默念一遍——要知道声音机房是按时间收费的，我心里难免焦急，好在声音出来确实与众不同。两集解说结束，我决定把工作先停一下，立宏声音珠圆玉润，但我总觉得缺了点什么。

宽厚的声音匠人（代序）

仔细想了十来天之后，我觉得可能找到了答案，于是给立宏打电话，说我们的工作可以继续了。到了录音间，他奇怪为什么中间有这么长时间的暂停，我解释说，声音很完美，但在气质上或许要添加一个东西——一个叫好奇心的东西。《舌尖上的中国》实际上是透过食物来展现中国人的生活和中国人的传统的纪录片，对我来说，食物是认知这个世界的特殊通道，而我对食物是永远抱着好奇的态度的。

立宏点点头，只酝酿了几分钟，就开始配新一集的旁白。我在外面一下子就感受到了他在语言上微妙的改变，这种变化不仅来自立宏纯熟的语言技巧，也来自我们相处三十年的默契——这正是我要的感觉！李立宏录完出来，我兴奋地让他听了两段回放，然后就拉着他去外头抽烟。抽了几口，他突然跟我说："黑子，你把上次录完的那两集拿回来，我想重新录。"

今天说这个话题，可以更加平心静气。当时"舌尖"对我来说，也就是一个自己早就想拍，终于把它拍出来的作品而已，我完全没有意识到后来它会有那么大的反响。再加上我是个很吝啬的人，从预算上觉得重新录制，机房加人员的费用是笔不小的开销，于是打圆场说："其实呢，那两集的解说也还行，要么就别费这个劲了。"

李立宏一天到晚笑眯眯的,两个眼睛常年眯成了缝,但在那一刻,他突然变得很严肃。立宏说:"如果你觉得有费用的问题,这个费用我来出。"这下,轮到我不好意思了,一个劲想往他脸上飞弹幕:义薄云天……人格闪亮……德艺双馨……

后来,到了《舌尖上的中国》第二季,李立宏照样和从前一样,一定要提前三天拿到解说稿,提前一天拿到DVD光碟,然后再上配音台。在他的身上,我能感受到的是一种老派的职业坚持,这在今天的时代格外稀有。这种坚持也感染着我们,在我们团队接下来做的《寻味顺德》和电影《舌尖上的新年》时,导演都很努力,都知道李老师的工作太多,如果不反复推敲文稿,真有点对不起他。

《舌尖上的中国》给我和立宏都赢得了很多荣誉,但李立宏从来没有把这些当作一回事儿,倒是有两件小事情让我有些感慨。第一件是有一年,全国纪录片行业会,他专门出面主持了一个论坛单元,谈纪录片的配音,这是纪录片圈儿的首次,也是我头回在这样的公众场合看到立宏,从前他是不掺和这些事情的。第二件事听着又有些喜感的悲催,后来李立宏无

宽厚的声音匠人（代序）

论是给电视剧还是纪录片配音，他已经无法救药地被标上了舌尖的印记。有一次，一个讲中国近代史的系列片，重大题材领导小组审片，一位专家非常认真地说，六集节目我觉得都很好，但能不能考虑换一下配音，也不知为什么，我听到这个声音，总觉得会饿。

其实，配音的时候，李立宏自己也饿。有个场景是这样的，他在录音间里面解说得深情款款意犹未尽，外面录音师礼貌地按下了内部通话的按钮："对不起，李老师，这段儿重来……"立宏一脸愠怒地看着外面，旋即明白了："好好好，重来，肯定是我不争气的肚子又叫了！"哈哈哈哈，这段花絮我有视频，那动静之大！才真的是肚脐眼儿说话——丹田之气啊。

回想起当初入校时的光景，我和他都像一张白纸，属于"没有基础"或者"专业先天不足"的学生。却在多年后的专业工作中相遇"共振"，这里充满了偶然性，又终归于必然。

与北京西北部众多而密集的高校不同，被我们简称"广院"的母校，遗落在首都遥远的东郊，校门前是大片的菜地和一条从不见行船的运粮河。然而这丝毫没有妨碍她的知名度，在全国高校中，它是唯一设置了播音系的大学。那时，收音机里的很多声音，都来自这个专业的毕业生。因此，办完报到手续，都没来得及与同宿舍室友混熟，我就打听播音专业的宿舍在哪里。得知就在隔壁，我立即虔诚地蹑手蹑脚过去，想看一看未来播音员何等尊容。

隔壁宿舍敞着门，录音机放着音乐，着实浪漫啊！一位个子不高的同学（后来知道这位同学叫张晓，日后的著名主播和陕西电视台领导）站在架子床边上，手扶着长条桌，目光炯炯地和我打着招呼："朋友……"我激动地刚想接下句儿，他紧接着朗声道："你到过黄河吗？你渡过黄河吗？你还记得河上的船夫拼着性命和惊涛骇浪搏战的情景吗？如果你已经忘记了的话，那么，你—听—吧！"天哪，我像被闪电击中，呆呆地焊在地上，任由黄河壶口瀑布般的声浪冲刷。

这一次突如其来而又字正腔圆的正面遭遇，让我明白了一个道理：播音专业的同学都有着无缝钢管一样均匀的漂亮声线，以及蒸汽机车一样澎湃的胸腔共鸣。上基础课的时候，我和他们一个大班，时常有"金属音"绕梁。回到宿舍，我们又是邻居，在公共水房光屁股冲凉时，也能感觉一边呻吟的"气泡

宽厚的声音匠人（代序）

声"。这些"金嗓子喉宝"们总是那样宽音大嗓，哪怕说及细微的生活琐事，也像话剧演员运丹田之气买包子那样浑厚。总之，播音专业的同学和我们常人不一样。

不过也有例外，这个同学就是李立宏。

李立宏是北京人，很腼腆，也非常和善，黑边眼镜后面，藏着一对弯弯的、永远含笑的眼睛。更重要的是，他说话永远慢条斯理，跟谁都聊得来，而且一点儿不咋呼，甚至说话还夹杂一些北京土著的习惯。所以，给大家的感觉更有亲和力，和我们摄影这种"蓝领专业"关系也比较好，这非常难得。

播音和摄影两个专业间总会传出一些佳话。不过佳话大都缘于异性相吸，立宏是为数不多的能和我们打成一片的男生。立宏之所以有这么好的人缘，和他温厚谦和的性格相关。同窗四年，我从来没有见过他和谁红过脸，也从来不抢什么风头，他爱聊天，喜欢倾听，但很少发表自己的看法。所以，有时候我也会觉得他没有个性，太"面"，他听了，最多一句怼回来，或是呵呵一乐就过去了。

广院的宿舍楼，几乎每天清晨，我们都是被墙根儿的各种动静惊醒的,那是播音班专业的学生练声。推开窗户一看,嗯,这一拨儿是《新闻和报纸摘要》,那一拨儿是《阅读与欣赏》。他们对着墙壁,完美地复刻着广播里的声音,但又真真切切、声情并茂地活在我们身边,这种感觉奇妙极了,以至于其他专业的同学也都无师自通地学会了很多绕口令,"红凤凰粉凤凰扁担长板凳宽八百标兵奔北坡北边炮兵并排跑……"

李立宏也是众多早起练声的学生之一。平心而论,在没有开始专业训练之前,立宏的声音条件不够出众,甚至和我们相差无几。他们班有几位,像王英光、李易、苏晓飞、赵赫等,嗓音里有人们难以抗拒的魅力。但日复一日的训练,到了毕业之前,立宏已经有了长足进步,专业课成绩在班里名列前茅。他的气息控制能力出色,词语文本呈现平实而厚重,绝无任何炫技的成分。更重要的是,他的声音处理,与咱们传承自战争年代的新闻播音有着明显的风格差异。

1986年左右,是我和立宏相处最多的一段时间。那时我们却是很好的朋友,我说话刻薄,经常拿他取笑。他性格温厚,怎么被挤兑都不生气。那个阶段是他的事业的起步期,每周都有几天,一大早赶公交车

宽厚的声音匠人（代序）

进城，满腔热忱地参与一些译制片的配音工作。今天在东单的儿艺，明天在万寿寺的总政，后天又到北太平庄的铁路党校……成天在录音棚里度日。我看着他每天能挣几十块钱，几乎是自己一个月的生活费，总是眼红地让他请客，去教工食堂吃小炒。吃饭时，又会叫他"棚虫儿"，嘲笑他担任的角色都是影视剧中名不见经传的人物，路人甲、匪兵乙什么的。立宏总是呵呵，说"不过是糊口啦"。

20世纪80年代，大量国外影视作品被翻译成中文。李立宏认为，那是译制片的黄金时代，也是他事业延展最重要的时间节点。海量的片源、密集的工作、一批造诣颇深的专业演员和以央视吴珊导演为代表的严谨的译制队伍，让他从一名播音学徒逐渐走上了声音艺术工作者的道路。与此同时，来自不同国家、不同类型的电影、电视剧、动画片，丰富的样式以及背后差异性文化，又让他惊喜地发现了自己声音的可塑性，并拓宽了对不同题材影片的声音驾驭能力。

美国作家格拉威尔有著名的"一万小时定律"之说，他认为，一万小时的训练，是任何人从平凡变成世界级大师的必要条件。80年代末到90年代初，密集的、连续多年的译制片配音工作，让李立宏逐渐成为这个领域的专家。

我还记得他最初配音的角色是美剧《豪门恩怨》中的一个富豪老爷子，正当他渐入佳境时，这个角色却突然从剧中消失了。如今回忆起来，他对当初这个角色无疾而终，常常在无厘头的自嘲中带着些许遗憾，我便知道，他那时已经倾注了创作的心血。

时间像流水一样。到了90年代中期，立宏和同班同学李易已经是北京配音圈儿里响当当的人物了。他们的配音业务也从译制片，扩展到电视剧、广告、专题片和纪录片。当时我已经在央视工作了五六年，一直拍纪录片，当我苦哈哈地从大山里拍片出来，体重只剩下54公斤时，却发现李立宏和李易都已经胖成了加菲猫的样子，他们生活太好了吧？而且，他居然已经有了自己的汽车！见我心理不平衡，立宏笑着说，你只看见贼吃肉没看见贼挨打啊。

这里必须说一下李易。在李立宏声音之旅的路途上，李易是对他影响最大的人之一。大学毕业后，李易分配在中央人民广播电台播音组，他苍凉冷峻的声线有着极高的辨识度，加上组织能力强，人又聪明，让他很快成为配音界的领军人物。李立宏最初的许多译制片配音，都是李易接活儿，俩人一起去做。他们的关系，就像他们日后在《加菲猫》中分别演绎的角色，李易是乔恩，立宏是加菲猫。立宏说他特别喜欢加菲，这只猫很像生活里的自己，有点慵懒，能吃能睡，而且有许多不切实际的幻想，但很幸运，他遇到了乔恩。

这就不难理解为什么2013年李易罹病辞世，立宏会那么悲恸了。他回忆起刚入行时，和李易后半夜从棚里出来，冬夜大雾，一人一辆自行车，用声音相互提醒，费了两个多小时才回到广院的情形。立宏在文章里写道："回想起我们一同走过的路，一起上课、一起练声、一起吃饭、一起侃山、一起实习、一起配音、一起发福……无奈，无奈，没能一起变老！"李易去世后，立宏调整了很长时间。从某种程度上说，李易不仅是他的兄弟和搭档，也是他和这个陌生世界打交道的钥匙。

李立宏热爱自己的事业，但他并不是个八面玲珑的人。相反，与身处的社会或者江湖，总有很多隔膜。生活里他很少用微信，甚至因为职业原因也很少接手机，嫌烦。记得有一年遇见他，我打趣道，"别的同学都评了教授了哦，你怎么还是个讲师啊？"他想了想，慢吞吞地反驳说："你也差不多啊，到现在还是个副科级不是?"我想了想还真是,骨子里我和立宏是一类人,自恃可以靠手艺吃饭,不太愿意摧眉折腰。

值得欣慰的是,这些年过去了,我和他都年过半百,两鬓苍苍,却仍然从事着当年的专业,不仅没有改行,而且依然对自己的事业抱有深深的热爱。

当然,我们还有一点相似——经过几年的美食历练,我也终于可耻地胖了,成功地发福成了另一只加菲猫。

2018年9月

序

坦白地讲,在平时的生活中,我其实是一个不善表达,不太会交流的人。偶有"谈笑风生"的时候,也是和至亲好友等非常熟悉的人在一起。记得有一次,一位年轻的记者,在采访中真切地把我称为"艺术家",我却在尴尬中脱口而出:"不,我不是,我只是一个爱好者、从业者……"看到对方一闪即逝的疑惑,我想要解释自己真实的感受,却又语塞不知该说什么、怎么说。

人,很容易被事物表面的光芒所吸引。在光芒的掩映之下,那些最为本真的,甚至难以言表的内核,却常常被人们忽视。

作为一个有声语言工作者,我从业至今,虽也有辛劳、挫折,却从未觉得厌倦或是疲乏。我知道,在这个行业里，与众多才华横溢的前辈和后来人相比，我算不得有智慧、有才能，至多是勤奋罢了。也许正因如此，我自己有时也困惑：究竟是什么，让我坚持了下来，甚至对它如此痴情？

在每一次录音、每一次演出之余，仿佛出于本能，我一直试图寻找，冥冥中指引自己前行的"源动力"。

我猜想，如果跳出自己，以一个新的视角，去看看我们这代人曾经过往的经历、经验，去回味那些消散在时光中的心绪感受，在假想与听众、与读者的对话中，我或许能理清累积多年，逐渐如磐石般坚硬起来的那股力量。

偶然的机会，我看到了贾克·阿达利在《噪音》中的一句话："这个世界，不是给眼睛观看，而是给耳朵倾听的。它不能看得懂，却可以听得见。"这句话之后一直在我的脑海中徘徊。

人们在"看"世界，却不一定"看到"了世界。

世界是用来听的。当我们"听"的时候，不是用眼，也不仅仅是用双耳，而是通过每一根神经、每一个细胞，去感知世界释放出的信号。我们所接收到的，借由声波传递给大脑的，不再是简单的信息符号，而是生命的波动——让我们躯体的每个细小结构，都随之悸动或被激发。

我们可以想象一下，如果世界没有声音，或者人类没有听觉，将会变成怎样？就像植物，它们虽然不会发声，却能利用体内化学成分的改变，去传递信息。如果我们没有听力，是不是也会像植物一样，用释放气体或是改变生长状态的方式"交谈"？那么，我们恐怕不会说任何当下的语言，甚至连思考方式都会改变了。

人类的语言借由声音诞生，声音当然就是人感知世界，甚而与世界"交互"的极其重要的渠道。可惜，随着技术的进步，人类创造了各种新门类的有声艺术，从古典音乐到电子音乐，从演讲诵读到各种表演，我们很容易迷失在细分后的规则之中，却忘记"声音"曾经带给我们的最初感动。美国学者唐·伊德曾经有部著作《倾听与声音：声音的现象学》（*Listening and Voice:Phenomenologies of Sound*），就是讨论"听的哲学"。他把"声音"置于一种形而上的讨论环境中，颇为晦涩，却令我有种莫名的殊途同归之感。

我意识到，自己对声音、对语言乃至用声音表达语言这个过程本身，有一种执着的迷恋。我想追寻的，是在"声音"中对话的可能。想象一下，在遥远的过去，当我们的祖先仰望星空，渴望了解未知宇宙时，那一定是来自最为原始的求知欲望。而这种欲望，就像是一种力量，深埋在了我们每一个人的基因里。

我知道自己的表达比较随性，就像是内心的"声音"，常年活跃在我的思维之中，今天又流泻为文字——它不是教科书，也不是专著，更接近于一种对挚爱的记录。

我希望谨以此书，与更多的人分享，让读者能够以另一种方式，去感知我们的世界；能从我们习以为常的生活中发现：世界赋予我们的，并非只是短暂的生命，还有其中蕴含着的难以想象的"声音"力量。

目 录

宽厚的声音匠人（代序） / 001
序 / 001

舌尖上的另一个自己 / 001
  默契与放松 / 003
  保持好奇 / 009
  另一个自己 / 016

纪录片的假想者 / 021
  遗憾 / 023
  上帝之音 / 024
  寻找连接 / 027
  素描解说者 / 031
  感知力 / 035

声音的困局　/ 041

　　悖反　/ 043

　　学科化的悲哀　/ 050

　　最后的创造力　/ 056

　　殊途同归　/ 062

一醉四十年　/ 067

　　少小的热爱　/ 069

　　厨师或复读　/ 074

　　四年熠音　/ 082

　　停不下来　/ 089

创作的嬗变　/ 095

　　自省　/ 097

　　技巧　/ 104

　　我是谁？　/ 113

　　忘我　/ 118

　　受众　/ 125

理性与感性的约会　/ 131

  通透的声音像玉一样　/ 133

  40岁时再听李宗盛　/ 137

  主角的故事　/ 143

  理性的声音　/ 148

  理性与感性的约会　/ 153

倾听生命　/ 159

  在声音中相识　/ 161

  声音的温度　/ 169

  敏感，再敏感　/ 178

  捕捉人性的瞬间　/ 185

  人生是一次聆听的旅行　/ 190

  声音的世界　/ 196

后记与致谢　/ 205

舌尖上的另一个自己

这是巨变的中国,人和食物比任何时候走得更快。无论他们的脚步怎样匆忙,不管聚散和悲欢,来得有多么不由自主,总有一种味道,以其独有的方式,每天三次,在舌尖上提醒着我们,认清明天的去向,不忘昨日的来处。

——《舌尖上的中国2》

默契与放松

它就像是潺潺的溪水，舒缓而让人轻松；它有着特殊的奇趣效应，让我充满着好奇心去面对创作；它的完整度、流畅度，它的画面、文字，都给我留下了深刻的印象。更多时候，它让我觉得自己与观众在相同的位置、在同一个视角上，观看着同一个画面，感受着同一种味道。它，就是《舌尖上的中国》。

20世纪80年代后期，我开始接触配音工作，那时候的工作方式，与现在很不同。有时我甚至怀念，那段诸如在"411""儿艺""青艺""空政"等，北京各个录音棚的时光——夏天汗流浃背，冬天寒冷刺骨，却没有人抱怨；角色不论大小，一律要从头到尾参与剧本的讨论，紧张中满是充实感。

那时很长一段时间里，可能是由于性格的原因，当我的注意力过于专注的时候，身体就会发"紧"，声音也有那么些变化。起初我不以为然，直到与《舌尖上的中国》相遇以后，我才开始正视这个问题。

故事总要有一个开头，关于《舌尖上的中国》的种种，还要从这部纪录片的总导演陈晓卿说起。

我与陈晓卿1982年就已相识，在北京广播学院，他是摄影专业，我是播音专业。毕业后多年，大家一直保持着联系，却并未合作过。有一天他来找我，说他拍了一部关于美食的纪录片，希望我能为其配音。我惊讶之余，也难免有些好奇："为什么是我？"

《舌尖》的录制，是在九方名座完成的，这里就像是业界同人的"基地"。九方名座的两个创始人都是我大学时的朋友，一位是大家熟识的已故配音演员李易，另一位是当年大我们两届的刘奇伟。录制那天，我们三人像往常一样简单寒暄过后，我便直接去录音棚与陈晓卿会面。

谁知，一开场他就用一贯低沉的音调说道：

"这次不能再像从前。"

其实自从看到《舌尖》文稿以来，我就已这样考虑过，只是还在思虑此事该如何告诉他们，没想到陈晓卿竟然就这么抢白了。

"我懂，不用再说了。"

短短几秒，自己的反应，竟也如此地直接。但是更没想到的是，从此，他真的不再提这句话，似乎他相信，我全懂了他那句"从前"包含的所有意义。

确实如此。

我与《舌尖》的缘分，似乎是注定的。而其中最珍贵的，是难以捕捉又真实存在的——默契。现在想来，这种默契很有意思。陈晓卿竟然就这么笃定，我的想法会与他一致，或许是多年的相识，虽然并无频繁交集，但是共同经历的时光是那种默契的源头，源源不断地随着我们的人生一同生长。

还记得看到《舌尖》文稿的时候，我仿佛被磁石吸引住了，突然间那些人和食物的故事跃然纸上，人物、环境、美食、声音、味道等画面，不断在我脑海中自动生成，行云流水般自在顺畅，我忽然就产生了一种感觉，或者可以说是一种创作的欲望。

它就像是潺潺的溪水，舒缓而让人轻松；它有着特殊的奇趣效应，让我充满着好奇心去面对创作；它的完整度、流畅度，它的画面、文字，都给我留下了深刻的印象。更多时候，它让我觉得自己与观众在相同的位置、在同一个视角上，观看着同一个画面，感受着同一种味道。它，就是《舌尖上的中国》。

我想机遇就在眼前，我一直希望的改变，另一种状态的自己，更加专注的、自由的、放松的、不一样的、更加自然的声音，就像食材那样，天然地在泥土中生长，最终又回归于自然。那些印刷在纸张上的铅印，诉说的是用味道垒砌的故事，是用人、食物和自然创作的乐章。

这就像是褪去曾经绷紧、厚实的战衣，用另一个声音，去诠释一个个充满了温度的故事。

那时，我心中的某种能量似乎被点燃了。陈晓卿和团队的默契，更让一切就那样自然而然地发生，并顺理成章地进行了下去。现在想想，我仍然还记得第一集《自然的回馈》中，关于松茸部分的描述。

松茸产地的凌晨3点，单珍卓玛和妈妈坐着爸爸开的摩托车出发。穿过村庄，母女俩要步行走进30公里之外的原始森林。雨让各种野生菌疯长，但每一个藏民都有识别松茸的慧眼。松茸出土后，卓玛立刻用地上的松针把菌坑掩盖好，只有这样，菌丝才可以不被破坏。为了延续自然的馈赠，藏民们小心翼翼地遵守着山林的规矩。

这是一个完整情景的描述，不仅讲述"吃"与"食物"的故事，更多地像是普通人日常的叨念。读到文字时，我的脑海中出现了曾经接触过的有关藏民生活的照片与电影，心中对这些文字有了些最初的画面：一对藏族母女，她们深入丛林，与自然对话，去寻找给人类的"礼物"。那些朴素的人，对于自然，对于食物，平实而执着。

这些思考，让我感觉自己正在无限接近于某个点，它就像是一种思维上的联想、某种构建模式。

在正式录音前，我嘱咐大家："你们投入了这么长的时间去关注这个作品，自然要比我更加了解它。作为一个解说员，你们对我所有的要求与提醒，请务必提出来。"在内心我甚至有些迫不及待地想要听到他们的建议，因为，我希望我将扮演的是一个这样的角色——让自己和其他人从疲惫中放松下来，借由自然馈赠的食物，找回生活最本真的意义。这样的意识传递，最初我并未形成具体理性认知。

保持好奇

最终,我又回到了属于我的录音棚、属于我的话筒前,我虽然在解说着那些文字与内容,可是我的"神识"却并不只是在这里。我一会儿是片中的人物,一会儿是倾听的观众。我的身份在不停地变换,而我就像是在一个很有趣的意境中游荡。

陈晓卿的要求只有两个字——"好奇"。

日常生活里,我对食物与美味并没有足够的执着与敏感,也许是儿时的生活习惯所致,最能打动我的,不过是北方的包子、饺子、馅饼——"馅儿多"就好。所以,起初我也曾担心,自己对于味道的想象力,是否过于单薄。幸运的是,保持"好奇",显然消解掉了我最后的顾虑。

"好奇",是一种让自己时刻保持敏感的内心状态。它不是情感表达,但是却能够激发自己的情绪,甚至还能感染别人。但这种"好奇"该如何赋予具象?列举几段《舌尖》中的文字,也许更容易让人理解。

这是盐的味道、山的味道、风的味道、云的味道,这也是时间的味道、人情的味道,这些味道已经在漫长的时光中和故土、乡亲、勤俭、坚忍等情感和信念混合在一起,才下舌尖,又上心头。

比如,就"盐的味道"而言,盐除了咸味,还有什么味道?你会好奇它怎么就会与"山的味道"联系在了一起?又怎么会与"风的味道""云的味道"联系上?它们各自的味道又是怎样的?还有"时间的味道""人情的味道"这些并非具象的味道,又如何统合在感官之中?最终,所有这些又将汇聚成为一种味道,那么这种味道该如何用声音去诠释?

大多数美食,都是不同食材组合碰撞产生的裂变性奇观。若以人情世故来看食材的相逢,有的是让人叫绝的天作之合,有的是叫人动容的邂逅偶遇,有的是令人击节的相见恨晚。

《舌尖》里，类似的表达太多太多了，似乎它本身就像美食一样，要把声音和语言进行撞击，进而达到一种完美融合的状态。而我，只是一个实现者，我要把语言与声音进行巧妙连接，让它们达到一种浑然天成的意境。

渐渐地，对于这部作品的融入，我产生了自己的想法，我希望能够做到更替视角，从解说的第三者身份中跳脱出来，做一个真正的观众。就像是展现炉灶之前的角色，那种垂涎欲滴的感觉我至今仍然记忆犹新。

选3年以上的公鸡，"肉爪子"扎破鸡肉，防止开裂。30多味香料熬制底汤，反复使用的卤水可以留存并不断增加鸡肉的香味，这锅卤水是龙先贵前年制作的。汤味浓郁，还要配上红油蘸料，这是古蔺麻辣鸡最显性的味觉标志。麻辣鸡是曾孙女龙美旗的最爱，龙大爷急于给美旗一个惊喜。麻辣鸡出锅，饱蘸红油，麻辣得当，肉质细嫩，香气扑鼻。

这个简单平实的故事，从文字到画面都很容易让人忽视它的存在，但是为何会留给我如此深刻的记忆？我想最初刺激我的，是汤水翻滚时的声音。我一下就闻到了那卤水汤底,用了30多种香料熬制出来的浓郁味道。那个味道在我的记忆里是存在的,那是大料、花椒、陈皮、丁香、豆蔻混合在一起的气味,那是儿时的大杂院中,时不时就会飘出的诱人香味。

那只鸡就在沸腾的汤水中被小火煨着滋味,油亮亮带着卤味特有的红润,被特制的铁爪叼出的时候,你能听见"砰、砰、砰"撞击时发出的声音。

再之后,就是一个四川小城的清晨,充斥着晨练音乐、鸟鸣、流水声等熙攘嘈杂的声音,一个老大爷在给小孙女做着早饭,我好像就成了那个掌勺烹饪的老人。我可以感觉到自己正在寻着光线调整位置,感受到掂着各种香料时的手感,闻到空气中散发的调味的中药味道。孙女围在身侧,乌溜溜的眼睛,正盯着锅里的鸡咽着口水。

之后,我似乎又成为另外的角色,坐在电视机前,手中或许拿着一罐啤酒,看着画面上沸腾卤水中的鸡,对比着近在嘴边的食物,猜想另一种美妙的滋味。

最终,我又回到了属于我的录音棚、属于我的话筒前,我虽然在解说着那些文字与内容,可是我的"神识"却并不只是在这里。我一会儿是片中的人物，一会儿是倾听的观众。我的身份在不停地变换，而我就像是在一个很有趣的意境中游荡。

于是那些文字，就那么直接地从喉咙中流淌出来，我甚至不再担心我是否会把话说得清楚，不会担心内容表达得是否清晰准确。我就想着、看着、听着、感觉着，没有杂念与干扰，让声音就那么自然地出现，即使有一些瑕疵，也敌不过思维随着那画面，随着那文字，随着那些内容，在你眼前浮浮沉沉地转着圈儿，从你的脑中进进出出、不断盘旋着。你甚至可以感受它们的温度、它们的气味、思想，其中即便出现了某些不属于它们的个体，我也并不在乎，因为我就想让它们那样存在，让自己也成为它们。

我感受到了精神上的"松弛"，只是我尚不十分肯定这种感知觉与自我意识的融合它到底有多重要。

当然，陈晓卿也扮演了重要的角色。他在我的"好奇"因为某种习惯而出现迟钝时，会不断地提醒，不断地敲击，要我时刻保持那样的敏感。他说，你要能做到将食物当作一个重要的载体、介质，来表达其中的含义，同时观照到当中的人和故事就好。而所谓的"美食"是我们最为熟悉的东西，是人人都离不开的，所以，要使用距离人更近的方式来处理，以便更好地刺激观众的情绪。

这样的"好奇"，应该至少有几个不同层次的意味：美食的做法、画面、味道，人、食材与自然的故事，这只是第一层，它能调动起我最原始的兴趣和欲望，也是驱使所有观众看下去的动力。但是，对于一个要衔接两种知觉的人来说，如果只是停留在这里显然还不够，我还应该保有自己特殊的"好奇"，关注自己的状态，比如我看到这个画面，感受到的动力是什么？是情感的，还是心智的，还是其他什么的？这就是第二层。

当一个人把自己完全调动起来的时候，今后有人和他进入相同情景的时候，只要他们有着相同的"文化积淀"（李泽厚老师在其著作《美的历程》中提出），就一定也将有同样的感动。

所以，感受观众看到的画面、听到的声音，描绘他们脑中的故事，这就是第三个层次（就像是裂变一样）。最终我跳出去看自己，发现和发掘着变化。为了适应这些变化，我又唤醒了一个新的自我。

在这种不断的探究中，你知道自己在寻找一个答案，整个过程就像是无数个"好奇"支撑起来的联想矩阵，每一个好奇都会刺激你到达更深一层次的想象，每一个想象都是在为你对创作产生的敏感而服务。

"好奇"是艺术的灵感来源之一，也是《舌尖》创作中充满情趣的要诀，它让《舌尖》显得有些与众不同，而这种不同又不仅于此。

另一个自己

可惜,那些孜孜以求,探索变革的心理官能很难知所止。即便在没有希望改变现实时,它们仍不断在心目中展开变革的场景。为了促发足以鞭策我们去行动的能量,就用一阵阵的难受——焦虑、痛苦、愤慨、受刺激——来提醒我们现实很不如意。但是如果我们随后不能实行改良,如果我们失去了平静却不能改变河道,那这一阵阵的难受就毫无意义。所以,塞内加的智慧就在于正确地区分何处能够凭己意重塑现状,何处是不可改变的现实,必须泰然接受。

——阿兰·德波顿《哲学的慰藉》

在录制《舌尖》的时候,朋友送了我一本书,是阿兰·德波顿的《哲学的慰藉》,里面关于现实与改变的思考,虽然晦涩了点,但对当时的我而言却颇有意味。

很长一段时间,我都处于矛盾之中:一方面是苦恼,渴望给自己的声音增加辨识度;另一方面又乐在其中,因为,我可以用声音的变化去诠释不同的角色,甚至我会要求自己,将原有的声音特点隐藏起来,变成另一个人活在作品中。

但是,家人却时常问我:"你能不能换一种更加舒服的方式,就像你的那些朋友,轻松些,放下来说话?"

起初这对我并不是个愉快的建议,我总是会有各种反驳的理由,比如"自己态度更认真、更投入",等等。但是,久而久之,我也慢慢地意识到,自己确实存在着某些问题。比较明显的是,一旦不能放松,声音、语言就会"紧、硬、拙",不能松弛。

我知道,那种"紧"的感觉与单纯的音调高度不同,我也探究过原因,却没有一个很确切的答案。可能是因为个人的习惯,注意力过于专注,以至于影响到了身体,自然也影响了发音、咬字和用声,或者可以形容这种"紧"为"狠",在别人听来并不舒服、十分刻板。那种"狠"应该和那一时期的状态抑或跟整个人都是有关系的。只要涉及一些事情,我的心和状态就会变得很"重",就会产生那种"投入",连带着身体都会不自觉地"发皱"。

于是,我有了别样的思索,"紧"源自我的本能行为,"松"也是本能行为的表现,这二者之间似乎存在着悖论,二者本是定式的行为,"紧"先来"松"后到,相互之间只能相互牵拉较量,伯仲之间需要适当偏向于某一方的契机,才能打破天平的平衡。

我的身体或许已经具备了改变的一些条件,而我的内心却并未准备妥当,甚至在潜意识中还有那么一点拒绝。对于作品的创作,我又有着自己的坚持,致使"紧"与"松"之间的屏障始终存在。所以,《舌尖》的出现更像是一个砝码,让我找到突破之处,也让我有了更多的意愿去探究、去总结那些曾经出现在我课堂与配音之中的零散线索。

但是,有的时候,你需要改变时,却看不清方向。正是在这样一个节点上,不论是时间的,还是情感的,还是事业的,你总会遇到那么一个合适的契机。《舌尖》似乎是我在决定改变时的运气图腾,就好像是帕瓦罗蒂在每场演出前必须找到的、代表着幸运的弯头舞台钉一样。《舌尖》不仅让我的声音有了一个比较广泛的辨识度，更让我可以释放自己，用一种新的方式去诠释作品。尽管从创作角度来说，它并没有像《京剧》那般让我倾尽了全部的情感，或是《鸿门宴传奇》那样让我置身其中难以自拔。

有的时候，我甚至会觉得，它在内容、画面、解说、音乐等因素上的关系，设计得如此完美没有分歧，才能在某种程度上形成微妙的统一效果。可能就是这样的一致，让人们接受了我的声音，忘记了排斥感，甚至会觉得"《舌尖上的中国》就必须得是他这样的一个声音"。

捷克剧作家哈维尔提出的"second wind"，也许正描述了这样的状态，当你发现你恰好行走到了一个十字路口，而此时又耗尽了最初的经验与表达方式时，那么摆在眼前的是一个抉择，若要继续往下走，就必须去探究该以何种方式、心境，是不是要放弃既得的那些成果，越过曾经熟识的一切，忘掉那些多年积攒的经验，把自己从已经拥有的因素中解脱出来，寻寻觅觅找到"第二口气"。

幸运的是，变化并没有想象中那么坎坷，虽然它绝不是空想就可以实现的跳跃，它还是建立在我过去的经历上的。在我最初接触声音这个行业的那十几年，狂热而大量地积累经验，或许方法并不足够完美，但是就熟稔度来说，我已经大可以不再那么在乎技巧了。

《舌尖》就让我体验了一次这样的"呼吸"，之后我会努力地寻找"第三次呼吸"，50岁也好，60岁也罢，我很难想象自己的创作始终保持在同一种状态的样子，更想要一直这样不断地寻找、改变、突破，再一次出发。

纪录片的假想者

思的任务将是放弃以前的所思,把真正应该思想的事情决定下来。

——海德格尔

遗 憾

在近几年的创作中，我开始思考一些问题，也在尝试另一种方式，我希望自己在纪录片的解说上有一些变化，从声音到语言形式，以另一种新的方式呈现，达到和之前的演绎有明显区别的地步。关于有声语言的创作，在《舌尖》的录制中，从"本我"的认知到向着"自我"的觉醒而出发，让我有了强烈的欲望再次去探索、尝试更深一层的内涵。

但事实上，我做得仍然不能让自己满意。

一部作品，若你把它看作是你的亲人或是你的一部分，就会产生试图去改变它、让它变得更好的欲望，把自己的努力融进去，但最终是否会成为你想象中的那个样子，还有很多的不确定性。

遗憾，代表的就是另一种追求的意念。

上帝之音

> 人类是一种热衷于创造的物种。因此,当我们发现一件事物优美而且构造复杂时,"谁创造了它?"这一问题会油然而生。
>
> ——李·斯莫林《宇宙的本源》

我和一位编导老师曾经讨论过"解说到底是什么""是谁在解说""解说到底是怎样的声音"等问题。

那位编导老师认为,这种声音,应该是一个来自上帝的声音。

来自上帝的声音,这个说法有些宏观,甚至有些形而上,但是他的解释不乏道理——上帝作为一种信仰,在每个人心中的形象都不相同,他有着特殊的身份,随着你的心境而变换。即便在常人看来,上帝或许有着同一张面孔,可是在面对不同的人、不同的事的时候,那张相同的脸定会有着不同的表情。就如同声音,虽然有着独特的标识,却可以包含巨大的情感容量。

所以,我更想知道的是,上帝拥有的又将是怎样的一个声音?在不同的耳中又将是怎样的?这两个问题很有趣。

语言只是一种外表,我们习惯了用语言来表达。其实你使用的不仅仅是语言,从根本上说,是具备了某种特质的声音。

将声音落实到更为实际的表现,能够具体到一定的程度。是慈悲的还是温暖的?是威严刚毅还是如同《圣经》所言"我是耶和华,这是我的名"般,字字箴言?

不论答案如何,都需要更加具象细致的形象来支撑,才会对"说的人"和"听的人"造成影响,而不是高高在上得虚不可感、遥不可及。

身为声音的驾驭者、运用者,所做的工作,就是将这种影响扩大,更加深刻地去挖掘,而不是仅仅停留在表层。如同，你在思维中描绘出的更多的细节，可能是上帝在你此种心境下穿着怎样的服饰，抑或他的手腕之上受难时留下的钉孔是否还在流血，等等。那个声音并非不可解释，作为解说，你的创作视角最终是要落地的，是要还原于观众的。

寻找连接

在不同的作品里,每一次的创作我都会意识到某些"关系"的存在,如果没有这些"关系"关联我和作品,那么就会出现机械性的解说方式,为解说而解说的"概念上的解说"。这种解说并不是一种"真实的"可信的解说,更不要说传递信息了。

这些年来,我时常问自己:做好纪录片的解说,关键是什么?

纪录片解说,要求的不仅仅是对文字的理解、对发声表达的控制,它与影视配音、朗诵以及演播主持等创作,既有相同之处,也有独特之处。

基于纪录片的特殊属性，对于一个普通观众而言，在观看之后一定是希望从中有所得，知识信息也好，情感记忆也罢。有些是即刻得到，有些是过后反思得到。总之只有真正"得到"了，观众才会接受这部纪录片，或者说认可其中的内容，最终才会认为这是一部有价值、有意义的纪录片。

这就是信息的"传递"，我不仅要注意保持足够的画面、声音的融合，还要完成内容的传递，把视听作品的更深层内涵释放出来。

单纯运用技巧，也许可以达到语音发声上的准确无误，但是内容中那些形而上的抽象概念却并非轻易就可以被接纳的。有时，我只能被动地去寻找答案，但却完全没有意识到自己需要的是什么。

印象比较深的，是早期的《国家地理》，录制的时候我兴趣灼灼。一方面是对自然充满了憧憬，每每看到绿色的草原、悠然摆首的动物，便会觉得惬意享受，录制时自然也就轻松愉快。

另一方面，是它的画面和文字。第一次看时，画面在眼前流过，仿佛我就是扛着摄像机的摄像师，身上还在淌着汗水，却竭力克制自己的激动心绪，用理性的音调，诉说大自然的宏伟，突然有种歌德所说"如果你漠然，不吐出肺腑之言，不用具天然气魄的魅力，去打动一切听众的心弦，你就不能达到目的"的感觉。

作品与观众之间只有建立了真实的联系，才会使价值最大化。纪录片创作，也是如此。

无论是主题，还是涉及其中的人、现象或是概念，我都试图找出这样一些细节，它与我之间有着某种有趣的神奇关联。因为这种关联，我在某种程度上可以有效地触碰到它，能让作品活起来，让它与我对话。

在不同的作品里，每一次的创作我都会意识到某些"关系"的存在，如果没有这些"关系"关联我和作品，那么就会出现机械性的解说方式，为解说而解说的"概念上的解说"。这种解说并不是一种"真实的"可信的解说，更不要说传递信息了。

最初的那几年，我对创作的认识也模糊不清，只是单纯地竭尽所能满足编导的一切要求，满足他们提出的针对作品的想象。之后在大量的解说实践当中，才开始产生自己的想法，那就是为自己找到与作品的连接点，这其实就是创作与工作之间的一种平衡。你不可避免地要受制于外在的要求，但是却仍然能够为自己创造一个可控的想象空间，也许它很狭小。你就像是戴着一副镣铐在跳舞，但即便如此，你还是自由的，甚至因此而更大地激发和调动了你的创作。

问题是，那是怎样的一种连接关系？

素描解说者

这些画面之外,语言的表达者,他们是谁?也许是解说者,也许是主持人,或者是编导,他们有着怎样的音容笑貌?他们喜欢什么?

我们可以假想一下,先粗粗勾勒出他们的轮廓,比如职业、性别、年龄,再从细节上找到特点,让他们更鲜明、具象起来。仿佛一部纪录片,还可以创造出一个具有真实属性的人,他有他的性格、他的故事,你甚至可以感受到他所隐藏的情感。

我会为那个形象贴合上"身份"标签:也许是一个记者,他坐在那里正在采访;又或是一个教授,他仿佛就活生生地站在那里,开始与大家说话。

我意识到，自己希望找到作品中的那个"人"，我希望那个"人"拥有自己的思想与个性，拥有自己的人格，有着自己的处事原则，是一个有着唯一灵魂的"人"。这个"人"并不是指扮演式的角色介入，他有性格，有特质，他就是他，就像你就是你。

——一个假想出来的，画面之外的解说者。

《新丝绸之路》是比较早期的作品（2006年在中央电视台一套黄金时间播出），总导演韦大军，也是广院毕业的，他当时学的是摄影专业，低我一届，我们曾多次合作。《新丝绸之路》属历史题材纪录片，导演组提出要求，希望能让作品听起来是从一位专家的角度娓娓道来，这位专家对相关历史内容熟悉，有思想且有侃侃而谈的自信，诉说着丝绸之路上的种种。

多次尝试之后，对应这部纪录片的历史背景，我希望找到一个权威、博学、有深度的声音，一个有故事的过来人，或者是一个渊博的学者。然而，只有这个形象是不够的，人物太虚化、干瘪，缺少内涵的支撑，同样不是编导想要的那个声音，我需要寻找更加具象的内容。

我同编导团队沟通，尽量多谈论一些稿件之外的创作经历，比如说从负责撰稿的编导那里，听他们谈创作过程中的种种故事，从开始策划到具体实施，遇到了什么样的阻力，又是如何走出困境的，等等。虽然并不是全部，但是却会在我脑海中留下印记，也许会在某一集、某一段落，就会有这样的一个人，在诉说着这样的一件事。这些于纸张、于文字之外的因素，好似一种比较实在的附着物，依附于我，让我的创作基础不是悬空的，更不是笼统的。

纪录片《新丝绸之路》第1集片段

然后再一点点地拆解，最终将假想角色定位——他是一位上了些年纪的教授，他对历史有自己的想法。对于知识，他有着那一代人独有的执着与沧桑。同时，他还拥有让人辨声即识的特点。然后，我要做的就是说服自己，相信脑中的这个熟悉的人，相信他就是那个最信赖的传递内容的人。

在我看来，我只是从形式上做到了某种样子，虽然效果尚算可以，有些实实在在的东西融进去了，但是避免不了的是听起来还会有些朦胧或者盲目。这种瑕疵的状态，可能是我在尝试靠近这个形象的基础设定时出现的偏差。

但是得益于创作中自然而生的自信,以及因对这个形象的熟悉而产生的某种情感,我才有可能深入地浸入其中,虽然可能并不真实存在,但却可以在心底重新生成这个人物的影像,将他召唤出来,仿佛他就站在我的眼前,让自己有着某种自信去坚持,让他靠近我,我成为他。

感知力

此时此刻，你能感知到的有哪些事物：你的眼睛，正看着这一页的印刷字；你的手，正触摸着纸张以及封皮的质地；你的耳朵，正听着附近或是远处的声音；你的鼻子，可能正嗅着残留在衣服上洗衣剂的气味，或者是皮肤上的香皂味儿；你的舌头，可能正品尝着咸味、甜味，或是上一顿饭残留的味道。假如你愿意进一步去感觉，你就会发现更多不太重要的细节：看着这本书时整个视域的背景，衣服在你皮肤上留下的触感，还有你的呼吸声。

然而就是在这个时刻，你正在发挥着许多自己难以觉察到的感知技艺——而且这也令别人难以置信。你正在听着那些并没有发出声的噪音，你正在感觉那些并没有接触到皮肤的东西，你正在闻着察觉不到的气味，你正在看着没有确切形体的东西。而且，你竟然还是同时在做着所有的事情。事实上，这些奇异的感知技能对于你和整个世界的联系以及自己的生存来说，都是至关重要的。

——劳伦斯·罗森布拉姆《感知力：最重要的生存力与最强大的影响力》

记得前几年，当时广电总局在中央三台举办了一个内部练兵活动，其中有一个环节，就是纪录片的解说，我受邀成为此次活动的评审。那些作品在技术上完成得很标准，只是，每个人听起来都是像在"解说"，对于作品的内容，反而留不下太过清晰和深刻的印象。

记得当时我给出的评语是："各位老师做的是像解说的解说，而不是真正的解说。一部感受不到信息内容传递的作品，不能算是成功的、有生命的作品。"

纪录片的解说有别于影视配音，却又与之同宗同源。你同样需要让自己置身其中，化身为一个真实的人，去学习体悟其中的知识，再将体悟到的传递给他人。你会发现不必再去分心考虑其他，你会心无杂念地将注意力专注于内容之上。那是存在于我们身边、围绕作品而产生的感知觉上的认知。

纪录片《公司的力量》片段

就像《公司的力量》，它是2010年央视的大型纪录片，是国内第一部深刻探讨"公司"的纪录片，其中出现的人物很多都是我们熟知的，像柳传志、马云、傅成玉、王传福……

我在拿到解说文稿还没有看见画面的时候，就有了些许的感受与期待——我跟"它"也有着千丝万缕的关系，因为它要表现的"公司"就在我们每一个人的身边，它已经融入了我们的生活，成为当代人生存的必需品和生活中不可或缺的组成部分。

这部片子的内容，不仅仅是在讲"公司"，它所呈现的是组成公司的背后那汇聚而来的人的故事。虽然全片是把"公司"作为一种事物、一个现象来说的，但它不再是纯粹的概念性内容，而是更为实际，甚至关系到每一个家庭。就像是一只只手牵着每一个与之有关的人，让他们产生继续深入探索的欲望，去了解到底是谁改变了他们的生活。

对于受众来说,《公司的力量》采用纪录片的形式,能够让他们有种"在场"的感觉,虽不是某一个事件的"在场",却是站在时代的角度,去看一个社会的变迁进程,仿佛与时间老人并肩,徜徉在历史长河中的"在场"感。

这样的"在场"感,就传统的美学研究来说,并不是"现场"演出,也不具有现场演出带给公众的"碰触"感。比如德国的赫尔曼,把"真实的身体"和"真实的空间场地"作为区分现场表演与否的重要准则。在发明和发展电视技术之前,人们没有谈起过"现场"演出,而只谈"演出"。只有当"现场"之外,还出现了媒体化的演出时,这个"现场"概念才会有意义。①

但是,我却并不这样认为,演出在今天已经没有任何固定形式了。戏剧、歌舞、音乐等任何一种形式的演出,甚至仪式或政治人物演讲,都可以通过电视或网络直播,呈现在公众面前。就如艾利卡·费舍尔·李希特所言,这就产生了一种新的对立,即"现场"表演与媒体化表演之间的对立。前者通过演员和观众身体上的共同存在,以及通过自我生成的"反应

---

① 李希特. 行为表演美学:关于演出的理论[M]. 余匡复,译. 上海:华东师范大学出版社,2012.

链",成为可能;后者则把"生产"即演出的过程,以及"接受"分割开来进行。在媒体化表演中,比如电视节目,纪录片的观众与制作者之间,似乎已经不存在"反应链"了。

传统意义上的"现场"与媒体化的"现场",我更倾向于认为它们仅仅是概念上的"对立"。在实际发生的条件下,对于受众来说,无一不是调动了他们心理、生理的双重反应。难道说表演者和观众之间,只有发生了肢体的"触碰",或是只有呼吸了相同空间中的空气,才能称之为"现场"?

我宁愿去想象,受众和我、和我的声音、和媒体图像,都是"在场"的状态。我们每个人都具备劳伦斯所讨论的"感知力"。单纯从概念意义上去区别"在场"与否,并不能说明感知力上的微妙的不同;相反,也许媒体化的"现场"可以带来更加纯粹的专注,就像我们常常都在谈论思维、心理上的反应,却忽略了身体上的反应一样。很多真正能留下深刻印象的感知觉记忆,往往源于身体在生理上的刺激。通过感知觉记忆,引起个体的思考、联想,这是生理刺激的变化引起了我们内心的感知变化,是一个从生理到心理再到生理的过程。

如果我可以通过自己的声音，调动他人声音感知的"通感"，那么他们何尝不能领会我所希望传递的情感、思维呢？

我认为作为一名艺术实践者，应该对此充满信心，让理论家与科学家去解释和证明，我要做的，是假想出这样的状况，让自己专注于去体验、去感受、去想象。

这样一种追求感知上无限扩大的状态，也许有些狂妄或不可理喻，但是就像"艺术是表现"或者说"艺术是构成"，如同贡布里希所说，大概跟过去说"艺术是模仿自然"同样不真实。"任何一种这样的讨论，即使是最晦涩的理论，都可能包含着那种格言式的真理颗粒，也许对形成珍珠有益。"①

---

① 百了无恨. 实验性美术——20世纪前半叶 [EB/OL]. https://m.baidu.com/paw/c/www.360doc.cn/mip/532236086.html.

声音的困局

> 大半的人在20岁或30岁上就死了：一过这个年龄，他们只变了自己的影子；以后的生命不过是用来模仿自己，把以前真正有人味儿的时代所说的、所做的、所想的、所喜欢的，一天天地重复，而且重复的方式越来越机械，越来越脱腔走板。
>
> ——罗曼·罗兰《约翰·克利斯朵夫》

悖 反

过去,人们常说职业有"三百六十行"。而实际上,根据第一部《中华人民共和国职业分类大典》,我国职业被细分为了1,838种。就在各行各业的人争相崭露锋芒的时候,有一种职业却被要求:好好地将自己隐藏起来。

这个职业,就是配音演员。

......

全中国的配音演员大概只有几百个人,他们掌控着全中国所有的配音,听起来很高大上、很牛,但其实并不是这样。现实往往是残酷的,如果我告诉你们,这几百个人当中有一大部分,甚至是绝大部分,是我们所说的自由职业者,就是阿姨妈妈们说的那种无业人员,我不知道大家作何感想,肯定觉得不可思议。

——夏磊《你有什么想不开的去当配音演员?》

我算是幸运的,我的名字会出现在很多地方,然而,大多数的配音演员,他们的名字却是被忽略的。他们默默无闻地贡献着,一个人每天十几小时的工作量,寥寥数百人,竟然支撑起了国内一年15,000多集的电视配音,但是,他们的名字却常常被吝啬地挤出字幕组。

声音行业,尤其是配音和解说,在国内是被忽视的。我们没有类似于日本对声优的追捧,以及好莱坞对配音的重视,我们的配音演员,在那些一线明星几十万元一集片酬的电视剧中,有的只是几百块钱的窘境。

我作为一名教师,以及一名奋斗在一线声音行业30多年的从业者,曾经参与了大量的影视剧、纪录片、动画片的配音工作,也长年活跃在朗诵舞台上。但是,我的名字也只是近10年,因为一部《舌尖上的中国》才为大众所熟知。之前的角色,即便是为一线明星配音,也是在《舌尖》之后，才为人所注意。

这种影响不仅仅是对人，对艺术创作的打击也是巨大的，过往那些良好的创作原则与规律，被遗忘在往昔，留下的是自以为捷径的"无限简化"。

也许现在的我可以算是"技艺娴熟"的匠人，但是对于创作，我却越发不满足。想象一下，当你每天的工作状态都是"进棚—录音—离开"，没有更多的沟通，没有更多看剧本的时间，你将如何更深刻地理解角色？我有时甚至担忧，如果没有早期的磨炼，自己是否能够在如今这种流水线式的工作流程中发挥出自己的能力，甚至自己是否能够做得更好？

有时我会怀念旧时的环境与创作氛围，然后自己又会检讨，是不是年纪逐渐大了，就开始像当年的那些老人家，絮絮叨叨地说着年轻时的回忆。我现在到了这样的年龄，是不是也开始总是提起以前如何如何好，现在又是怎样怎样变化的。但是，这些的确又是我的肺腑之言，我心中当真是被这样的想法煎熬着。

所以，我觉得应该讲出来，也有义务让更多的人知道。

我以为现在的配音工作，还远远没有做到位，就连最基础的熟悉作品一项，都没能做到合格的程度。

如果用一般的逻辑去判定，假使你对一件物品、一个人物、一件事情或是一部影片，没有十足的了解，你自然不会知晓当中涉及的方方面面的细节。没有熟悉到那个程度又如何谈代替这个角色，说他说的话，表达他的心声呢？更不要提完成角色的还原或者形象的塑造！即便你接触的角色都是些有分量的明星，即便旁人不断地夸奖你优秀，但是，你的内心是知道的，自然也是能明断的。

我进入北京的配音队伍，是在20世纪80年代后期到90年代中期。那一段时间的创作，在正式录制之前，剧本要提前发到配音演员的手中，不管你的角色分量轻重，都在正式录音之前集合整个剧组，在电视台或者别的工作的地方，由导演带领着大家一起观看原片。其中还会安排一位编导在一旁作为同声翻译阅读剧本，让所有参与的人了解整个影片的内容与起承转合的情节。

然后总导演再针对影片谈自己的想法，比如对影片的认识、影片的属性等。除此之外，导演组还会将他们能够了解到的所有背景资料，以及认为对影片的认识与创作有帮助的一切内容都提出来，让大家共同讨论。在那时，对于作品解读的整体流程，有着正式、严苛且成文的规定。

那一时期，所有参与人员都热情饱满，创作氛围也异常热烈。

最终，在进入录音棚时，还会有专门的提醒贴在公示牌上："录制三遍不合格，出去重新做准备。"

短短20年不过，随着经济浪潮的到来，我们的创作方式已经大大被改变。

比如2011年，我参与了一部译制片的录制，我并无资格去评论它所获的各种奖项，只是作为这部电影的配音演员，在创作与诠释的过程中，我对自己的创作有些许的遗憾。

我始终觉得自己并没有百分之百地发挥，比如在我并不了解整个电影全貌的状况下，就开始给男主角配音，甚至工作已经完成了，我仍然有种朦胧的感觉。

后来这部片子上映，进影院完整看了一遍，我才知道："哦！原来还有这样的情节，还有那样触发情感的事件！"但是录音之前，我没有机会提前看到完整连续的画面。虽然剧组给了一定的准备时间，我也认真地阅读了剧本，但是画面内容和故事的全貌始终是没有完整接触过的。即便在录音完成之后，我也并没有看过完整的版本，仅仅只是了解男主角那一部分的内容而已。

配音录制耗时非常短，一天如果分为三个工作时段，上午、下午和晚上，那么我的整体录音只用了其中的两个工作时段便完成了。

我对这个人物、对角色之间的关系、那时的生活环境、人物的行为以及心理变化过程等诸多细节，并不清晰。在这种情况下，说实话我并没有十足的把握与自信，这也致使我个人对角色的判断和认识产生了些许的误差。

比如说，一头棕发的男主角出场时，是他已经在团队中工作很久的状态，影片这个环境采用的是倒叙的方式。我看到的他，显得有点成熟，有点老气，满脸的胡子。由于不清楚故事的前因后果，我就只能按照画面和以往的经验去诠释角色。

没想到，男主角在之后将胡须刮掉，又变成了另一副模样，以至于后来观众的评价是："他怎么会用这么一个老气的声音？"

还有部很热的电视连续剧，我为其中的某个角色配音，时间上极为短暂，我既没有机会去熟悉剧情、画面，也没有时间去研读小说。起初，我能完成这个角色，依靠的是多年积累下来的经验，直到十几集以后，我才慢慢"悟道"。理解自己的角色，是有着这样或那样的因由，才有那般的情感生发。

这是不可否认的现状，也是难以避免的悲哀，似乎是社会的高速发展造就了这样的困局。我们从事着配音的工作，却在很多时候不能给予自己认知作品的时间，更不要说进一步发挥和创造了。

这样的声音创作能够得到观众的认可吗？

这样的声音能够诠释角色的灵魂吗？

这样的作品是真正完整的创作成果吗？

作为配音演员你会满意吗？

我希望能得到更加合乎创作规律的条件，也许这样才能呈现更加完整精彩的作品。这种老气横秋式的追求，也许本身就是一种悖论。

学科化的悲哀

先前的文化将变成一堆废墟,最后变成一堆灰烬,但精神将在灰烬的上空迂回盘旋。

——维特根斯坦《文化与价值》

前段时间,九方名座的微信公众号把我2010年发表在《当代电影》杂志里的拙作《译制片中的配音创作》又发了出来。翻看着那些文字,我想起了当初从北京广播学院播音系毕业、乐此不疲从事配音的自己,在笔墨之间的那份自信与情愫,忽觉遥远。

既然译制配音会使电影中的声音受到破坏,那么替换语言的任务由字幕来完成它岂不更好?那样就不会破坏电影原声了,电影中形象与声音不统一的问题就不会出现。其实不然，运用字幕的确是译制电影的方式之一，但并不是最好的方式。

电影是声画艺术，听不懂外语的观众在欣赏外国影片时，一边看画面，一边看字幕，会极大地干扰和破坏对电影整体的接受。而且字幕的翻译受银幕和观影习惯的限制，为求简练，翻译过来的只是语言的核心内容，失去了很多语言的色彩、味道和细节。这会使观众对电影的认识和理解受到一定的局限，很多精彩的对白是不可能用字幕表现的。相比之下，配音的译制片在创作还原空间和主动性上应该更有利，问题的关键是配音创作如何做到准确表达和再现。

配音是有声语言艺术的一种实践形式，对于艺术素养要求甚高。可惜在当代，经济发达、生活富足之后，能够认识、了解它的人，并没有随着经济的增长而增多。

也许是这个时代不再像从前，它不再看重作品背后个人所付出的汗水，反而是那些被聚焦在镁光灯下的、借由作品而获得的声誉与财富，成了被簇拥与追求的对象。

但这只是浮光掠影的表象，更为内在的，让你唯恐却已经无法改变的，是我们把艺术学科化之后，又对孩子们展开的学科教育，几乎要扼杀这一代从业者的创作欲望。

现在的大学教育，像播音与主持专业，这在实践中，本来是两个完全不同的领域，却被糅合成了一个专业。比如，不论是知名节目主持人，还是日常的婚礼司仪，促使他们获得职业成就的，并不是播音基本功的"声、气、字"。播音与主持，原本两个完全不同技术的领域，有着完全不同的审美鉴赏标准，却被生生地挤压在了同一个学科下，并且还被冠以一系列所谓的学科规范和考试标准，四年毕业以后，我难以想象那些孩子将在实践中面临怎样的困惑。

这类例子在艺术专业里不胜枚举。尤其是有声语言，因为它的普遍性以及广义性，对有声语言艺术的界定本身就存在着大量模糊的地带，我们却强行把它学科化、标准化，给它以框架，却缺少系统化的论证和经典作品的支撑。

当我们为艺术创造了大量的技巧和评价标准之后，唯独忘记教给孩子们的，是创作的初衷。

学科化是西方的产物，福柯曾说"任何一门学科都是一种社会的规范"。既然如此，艺术是社会规范吗？如果行为能够被规范，它还可以被称之为艺术或创造吗？

这一代的孩子，他们的梦想充满了绚丽的色彩，却并不一定都能收获艺术敲击生命时闪现的"真理"。我们的教育，无疑可以生产大量手艺高超的匠人。我也深信大众艺术并不意味着庸俗化，毕竟艺术的技能化、学科化可能提高人们的鉴赏能力，但是这并不意味着技能就是艺术的最高境界。反而是被学科化之后的艺术被所谓的"规律"所桎梏，最初那种创作的冲动已经乏善可陈。

我所能做的，是在课堂上给这样的趋势更多的"阻力"。于是，我想做出一些尝试，在教学上也好，在自己的作品实践中也好，先不去做方法上的教授，因为技巧方面的东西几堂课就可以讲完。所以在课堂有限的时间内，应该让学生去做更多有益于体验创作的训练，在实践中去找到属于自己的、更适合自己的答案——创作是发自内心的，再娴熟的技巧也达不到生命的震撼。

我希望学生能在更多的实践中成长，就像表演学习时有一项是学习笑,需要连续不停地笑上30秒,同时还要运用上各种情绪、各种方式笑出来。很多学生达不到要求,那一刻,他们很难理解甚至做不到,这种训练并不练习技巧,而是锻炼一个人对自我的控制力,这往往要在他们毕业之后、步入社会多年后的某一天才会有所顿悟。

爱因斯坦曾经说"教育就是当一个人把在学校所学全部忘光之后剩下的东西",我要做、也正在做的就是尽可能带领他们走出校园,进入不同的场景,接触不同的人群,在不同的环境里、人群中获得各种反应。让他们自主发现,创作延续与完成的结束点在哪里,然后告诉他们——我只是你的观众,我能给你的反馈,是基于你传达给我的信息。

很多人希望从教育的内部消除商业化与消费化的影响,这似乎并不可能。

发端于西方的"科学",习惯于把意义加以监控、测量、抽象化与阉割,当艺术被学科建制的钢索捆绑束缚时,那些基于社会的、机构的、行政的各种外部的物质因素,渗透了更多被动必然的想法,人们的头脑中已经充满太多的欲望,追求艺术的形而上被追求商业价值的物质回报所取代。

当然，我认为后者的行为并没有任何错误，反而是对社会变迁最好的适应性反应，只是前者作为这一切诞生的母体，在它的孩子逐渐长大臃肿之后，自己却愈加干瘪，缺少了孕育新生命的能量。这将是我们这一代从业者难以弥补的遗憾。

最后的创造力

博尔赫斯：你怎么看艺术？

杜尚：真正的艺术在时空之外。

……

博尔赫斯：你是说我们拥有对艺术的体验和解读？那么时空之外的艺术究竟是什么？

杜尚：老实说，我也不知道。比如上帝，你只能体味上帝现身的方式，至于上帝本身，你却一无所知。我不想谈论上帝，但我觉得这个比喻很贴切。

博尔赫斯：艺术是可见的，上帝却不。

杜尚：艺术是让不可见的变得可见，或者通过可见达到不可见。①

19岁的博尔赫斯，在布宜诺斯艾利斯与杜尚第一次相遇，这一次对话的内容，两人都很少再提起。我宁愿相信他们讨论了艺术，博尔赫斯在很多年后又以另一种方式实践了它。

杜尚在他后期的作品中，也许已经意识到日新月异的技术将悄然改变艺术，彻底瓦解一些我们曾经坚持的东西——数字编程的音乐创作、建筑构型同样具有迷幻般的魅力，数字模拟的主持人虽然缺少感情却发音精准。只要一台笔记本、一个录音软件，就可以代替沉重庞大的录音设备，甚至是曾经整个团队的默契配合。

技术的优势在于，它比个体更加精通于技巧。所有门类的艺术，一旦被总结、归纳出系统化的规则和标准，它们就可以为现代技术所用，通过计算机数据库的超级运算能力，不到1秒的时间，一个人一辈子的练习就可能被超越了。

---

① 刘云卿. 维特根斯坦与杜尚：赋格的艺术[M]. 上海：上海三联书店，2016.

如果说杜尚通过他的"泉",瓦解了艺术的高贵性,那么至少在情感意义上,他仍然体现了一个艺术家对于艺术的情感聚焦。他的问题刺骨而隐晦:艺术之于我们每个人,究竟具有怎样的意义?

回溯到古希腊,你会发现"艺术"就是"技术"。有人做过研究,哪怕是文艺复兴时期的合约,也清晰地表明绘画者被人们看作技工,而非艺术家。直到16世纪,"美"的艺术才第一次被法国人巴托提出,但是关于"绘画师应该独立完成工作"这一概念,是近百年才出现的。

罗曼·罗兰曾说"艺术是显示人的真正感情、内心生活的奥秘和热情的世界",这是艺术的真谛。但并不是每个人都能够展现这种真谛,只有具有某些独特能力的人,才可能带给世人隽永的回忆。

我在学校负责的是语言基础阶段的课程,我知道有一项内容难以在课程中被传递,但它又是艺术创作的关键,那就是"创造力"。唯有它才能使"艺术"独立于技术——不论阿尔法人工智能(AlphaGo)赢了多少场围棋,它仍然无法具备的,就是从"无"中生"有"的"创造"能力。

这些问题，说起来似乎深奥，也是很多人迷惑的源头，我置身其中，深知传统的精髓在逐渐消失。看着那些发音与语调逐渐变得接近常人的人工智能，听着毫无情感表现的电脑编制的乐曲，我所思考的是那些即将消失的情感，就像《野蜂飞舞》的乐曲被调快了100倍，你也许会惊叹技术的成功，但萦绕在你耳畔的声音，却难以让你沉醉。

"功夫在诗外"，我经常会用这样一句诗提醒我的学生和行业中的年轻人。除了对语言和播音技巧的实践与专注外，你还应该在对各种形式与内容的理解、表现上下功夫。有了这样的经验，在解说上、在配音上、在朗诵上，以及在有关有声语言的一切行业中，你对艺术创作的把控，才能更加容易地做到驾轻就熟。如果只是每日纠结于技法，即使你的专业技巧再纯熟，忽略了艺术的内涵，以及对作品本身更深刻的理解，你做到的也就只是解说或是配音的样子，那只有表象而没有更深层次的艺术支撑，那么，你完成的作品就不见得是真正意义上的完整，或许只是完成了某种形态的发音而已，因为它没有"情感"，没有"心"。这种没有灵魂的作品，最终只会被人们淡忘。

我有幸作为导师，参加了一些大赛，遇到了几个非常有感染力的选手，其中一位选手慷慨激昂的样子，让我想起徐涛。意外的是他的背景——这样具有灵性的选手，并非专业院校科班出身！后来我们又再次在九方名座举办的朗诵艺术团的比赛上相遇。这两次相遇，我没有嗅到商业化的气息或学科教条的规范，却感受到了理想与情怀在经历了人生磨炼后，衍生出的最纯粹的创作冲动。

联想到我们高等院校里的学子，在毕业后，他们把更多的精力放在寻找一份高薪工作或是如何出人头地之时，很可能不会再去有意识地思考，他们所做的，到底是艺术的创作，还是技术的"拷贝"。

"艺术不是技艺，它是艺术家体验了的感情的传达"，列夫·托尔斯泰把艺术家和情感本能置于技艺之上，认为作品就是每一个个体精神的再现。我相信，"技术"和它所囊括的技巧，只是穿在身上的衣服，即便再华美，也掩饰不了灵魂的缺失。

曾经有位好友告诉我，他不喜欢配音，他热爱的是朗诵。我当时很惊讶，我们共同前进多年，他那么娴熟地演绎着每一个配音角色，如今却如此地对它充满愤懑。后来，我开始关注，原来他每一次的朗诵表演，都在寻求一种新的、自由发挥的境界。

不可否认的是，配音与朗诵比起来，配音有太多的束缚，从角色到台词无一不是生硬的要求。我多少有些理解，他需要解放他的创造力。但是，让我有些惊讶的是，配音诚然是"戴着镣铐起舞的艺术"，我却从中感受到了持久的快乐，甚至越是这样繁多的要求，我越是感到被激起了某种欲望，渴望从这些被设定的条件中，找到自己声音的发挥空间。

想想看，其实我们都一样，都在寻找自己的创造能力，不论是配音、朗诵还是其他有声语言表达艺术的形式，都有各自赋予创造力的表演舞台，只有你找到了它，才能感受到所从事的"艺术"对于自己的价值。那种体验或意识，是任何强大的技术都不能复制或运算而来的。

只有身临其境的人，才会发现创造力帮你找到的，是你的灵魂。

殊途同归

> 今天，我们的眼睛已经昏聩；在建立了一个由抽象概念、无稽之谈与沉寂构筑的现在后，已不再能预见未来。现在我们必须学习多用声音、艺术、节庆，少用统计数字，来评断一个社会。倾听噪音，我们才能洞察人类的愚昧并估计会把我们引向何方，而我们还可能有什么希望。
>
> ——贾克·阿达利《噪音》

我们现在的生活，对于声音、语言的鉴赏，不仅变得廉价，而且"暴力化"。记得有位声音艺术家姚大均，曾经批评当代社会的声音现状："声音权力空间彻底暴力化，声音符号编码解码系统完全紊乱。"

在他看来，声音艺术虽然有了艺术学科建制的支撑,却多沦为评论家的工具,罕有艺术家"挺身而出",去进行"声音"作为"艺术"所必需的美学讨论。

其实,关于什么是声音艺术,现在虽然对此的研究已经有了大量相关的展览、创作中心,但是声音艺术家和研究者依然很难界定它的内涵。克里斯蒂安·克尼塞尔(Christian Kniesel)曾经说过"声音艺术介于现存的各种艺术之间,它是跨媒体艺术的最佳代表"。这也许是"声音"自存在起就有的成就,却并不是声音艺术家求索声音之意义的答案。

人们很容易就把"声音艺术"和"视觉艺术"对立起来,认为前者是后者的声音表现,事实却并非如此简单。

"声音艺术"这个概念最初的诞生,是基于对传统音乐的批判。比如,1916年"苏黎世达达"的巴尔和查拉,他们使用缝纫机为诗歌朗诵者伴奏;巴尔朗诵的"声音诗",是他任意摆放文字,使音节变成了诗行。后来在包豪斯的戏剧中,又出现了改装乐器实验的雏形:通过在老钢琴的琴键上钉满图钉,在琴弦里塞入油纸、棉纸、金属线和钉子,演奏出令人倍感荒唐的声音。

这些实验性的尝试，其实是希望找到基于听觉的、另一种认识世界的方式。我最初接触时，也曾经颇感费解——它们在英语中被称为"soundart"，但这并不是学院派对声乐或乐理的研究，而是其有着强大的野心去颠覆传统音乐，尝试重新去认识声音，甚至挑战人类的感知觉。

再回到我的老本行，看看声音语言艺术。在中文里，它和"声音艺术"看似只相差了两个字，在表现形式上却完全不同："声音艺术"是对于纯粹声音的讨论；"声音语言艺术"则是依附于语言的声音表演。但殊途同归的是，二者都是在通过相同的感官，进行某种意义的传递。

我常常在想，自己每日所做的，配音、播音和朗诵，它们究竟是声音的艺术，还是语言的艺术？每个时期，我都会有新的答案，然后又被推翻。

现在的我宁愿认为，它们是声音与语言艺术结合的产物，是以声音的形式去展示语言。它们的本质，是声音与思想在空间中的涌动奔流，而不是语言或是文字的声音化。

很多人认为声音语言艺术的根基在于语言艺术，

没有最唯美、最动人、最震慑人心的文字，就没有声音对于语言的表演舞台。难道那些朴实的辞藻、简单的话语，就不能打动人心，就没有力量吗？或者声音本身就不能蕴含任何意义吗？

法国哲学家德里达在他的《声音与现象》中曾经提及，"各种有声的符号被主体听见，说话的主体以当下存在的绝对接近的形式发出这些声音来。这个主体并不需要超出自身就可以被自身的表述行为所影响。我的语词是'活的'，因为它们看起来并没有离开我：并没有以一种可见的距离落到我的外面，落到我的呼吸之外；并没有停止为我所有，也没有停止'无条件地'在我的控制之内"。

几千年来，人类一直偏好以"光—视觉"的模式去认识世界。耳朵虽然是我们的感官之一，却被迫依附在光的世界中，因为我们过于相信自己的双眼，以为用眼睛看到的，就是真实的。

就像柏拉图在他的《理想国》中所讲的"影子"的故事，他让我们开始怀疑，我们看到的世界不过是映射在牢笼墙壁上的影子，我们就像被困在牢笼里的人，从来也不知道在牢笼外面影子的"真相"是什么。

甚至比他更早的古希腊的哲学家,他们相信声音的力量,认为声音可以改变物体的性质。在今天的人们看来,也许会认为可笑,但是谁又能说清,当你听到寒风的声音时,你身体在战栗,就没有任何化学的改变?纽约大学的唐·伊德对此的形容最为贴切:"声音物理性地穿透我的身体,我以我之身躯,从骨头到耳朵,'听'到了它。"

我的从业经历,注定了自己终日与"声音""语言"为伴,但是我却越来越觉得,对于声音的领悟方式不应该拘泥于我的双耳,甚至连语言都难以穷尽"声音"的内涵。就如德里达所言:"声音在世界中发出时没有任何障碍,它的产生是一种纯粹的自身影响。没有它,这样的世界就不会显现。"

很多时候我们的耳朵是在被动地接受一切外在的声音,因而混杂在这些噪音中"心智"的声音也就难以被捕捉。

事实上,不论是声音语言艺术,还是声音艺术,都不是简单拘泥于形式的表演,它们是寻找自我的一种途径。这个"我"并不仅仅是单个的艺术家,而是作为人类的每一个个体。

一醉四十年

  我有一时,曾经屡次忆起儿时在故乡所吃的蔬果:菱角、罗汉豆、茭白、香瓜。凡这些,都是极其鲜美可口的;都曾是使我思乡的蛊惑。后来,我在久别之后尝到了,也不过如此;惟独在记忆上,还有旧来的意味存留。它们也许要哄骗我一生,使我时时反顾。 回忆中的过去总是更美,但那确实是我的回忆了。

——鲁迅《朝花夕拾》

少小的热爱

我想成为他们那样的人,想成为能够把控声音的人!

我的经历顺利大于坎坷。时常回想过去旧事,也没有太过明确的事情或是遭遇可以强烈到影响我的人生。我自觉很平顺,也感恩有那么多"正好"的机遇与幸运帮助了我,只是如果归根结底,我倒是觉得最初的"相遇"是影响至深的重要部分。

我出生在一个平凡的家庭,父母是双职工,没有任何的艺术背景,儿时的我也没有什么突出的天赋,只是从小就喜欢语文,天生对语文和地理有着莫大的兴趣,至于数学,的确不太优秀。那时的我,用老北京话说，有些"轴"，经常会为自己设立一个目标，借此放弃不喜欢的学科。语文是我一直的兴趣和目标所在。

小学时期虽然有些偏科，但是学习成绩尚算不错，作为班级中的语文课代表，我经常会得到些小小的优待或奖励。在那个朗诵盛行的年代里，学校经常会组织语文老师去参加关于朗诵的讲座和培训，授课的都是当时在北京比较有名的名家大师。而我的语文老师正巧有些琐事不能去，就把这个珍贵的机会给了我，由我去旁听学习。

第一次接触朗诵，我便被震撼了，像是被一只大手重重地拍了下头顶，大脑一会儿清晰一会儿又充满疑问。清晰的是原来声音可以这样变换、语言可以那样表达；好奇的是他们如何做到的，是天赋如此还是有什么高深技艺？

我想成为他们那样的人，想成为能够把控声音的人！

这就是我的梦想，至今未变的梦想。

从此，我便陷入了深深的痴迷，故事团也好，朗诵小组也罢，少年宫更是课余常去之地。当时只要与朗诵有关，我便会主动参与，很积极也很踊跃，很向往也很狂热。现在想来，那真的是影响我一生的重要机遇。

最初的接触，不管是偶然还是被动，没有多么明确的缘由，我就这样走入了声音艺术的殿堂。

在那个年代里，朗诵作为一种重要的宣传手段，具有推广、宣传传统文化与理念的特性，被人们狂热追捧，在各行各业都颇为流行。

受到大环境的影响与推动，我记得最初的朗诵在内容上还很单一，诸如一些知名话剧的内容选段、散文诗集和一些红色作品等。到了1978年左右，小学、中学也开始了对朗诵的推广，基本上每所学校都会定期举办有关朗诵的比赛、演出和训练。这一时期的作品内容相对丰富，更多的外国文学和近现代文学作品加入其中，你听得到高尔基的《海燕》、朱自清的《荷塘月色》，甚至歌德的诗剧《浮士德》。这些作品一直存在于我的记忆深处。

就像高尔基《海燕》中的文字，我至今仍会时不时地独自吟诵，那种感觉是发自心底的感念，是关于那段青葱岁月的回忆。

海燕叫喊着，飞翔着，像黑色的闪电，箭一般地穿过乌云，翅膀掠起波浪的飞沫。

　　看吧，它飞舞着，像个精灵，——高傲的、黑色的暴风雨的精灵，——它在大笑，它又在号叫……它笑那些乌云，它因为欢乐而号叫！

　　这个敏感的精灵，——它从雷声的震怒里，早就听出了困乏，它深信，乌云遮不住太阳，——是的，遮不住的！

　　狂风吼叫……雷声轰响……

再到后来，电台、电视台、机关单位也加入其中，参与的人多了，自然便衍生出很多种不同的朗诵方式。基于那个年代的特质，所有的方法在形式上都基本一致，延续了高大上的情怀诉求。那时我们听到的大多都是慷慨激昂的，以至于方式虽多，形式却较为单一，即后来我们戏称的"吼派"。和"吼派"对应的还有"哼派"，相对来说比较沉缓抒情。

我虽然没有"吼"的条件与特质，却也深受其影响。以至于最初接触播音专业时，并不能完全摆脱"吼"的影响。后来才慢慢发现，另一种，比较低沉、自然一些的，如同涓涓细流娓娓道来的感觉，更为适合自己。

  从小学到初中再到高中，我不间断地参加各种朗诵组和少年宫的训练与学习，学校、区里、市里组织的诸如演讲、朗诵等比赛与活动，甚至语文课堂上简单的课文朗读，只要涉及声音语言方面，我都会变得非常积极主动。我的声音听起来还算不错，老师也会经常关照我，使当时"小有名气"的我甚至感到有些得意。第一年高考落榜后，我进入了补习学校复读，有一次在课堂上朗读了一篇课文，以至于很多人见面就说"哦，原来是你！"

厨师或复读

从此以后，我开始相信，善待每一段人生经历，或许看起来是失败的，却藏着带给你成长的惊喜。

我并不避讳谈我的高考经历，因为第一次失败的高考，在我看来就像是冥冥中注定了、必然会发生的。就像有一只手牵拉着我与声音的缘分，就像是一切都为我准备好了一般，是我人生中的重要机遇与转折点。

我就读的是北京市的一所普通高中，甚至是有些非议的问题中学。1981年，我高中毕业第一次参加高考，那时的我有些迷茫混沌，我没有非做不可的理想，没有未来的规划，也没有对哪一门学科产生兴趣，我就像当时很多的同龄人一样，任由父母为我选择专业、选择未来。

所以最后的结果是，即便我选择的是最普通学校的最普通专业，也没能达到分数线。在第一次落榜之后，我和家人都有些心灰意冷，我甚至有了放弃高考的念头，开始考虑中专或者技校一类的学校。我记得很清楚，当时我跟家里人商量，我想去学厨师，做一名西餐厨师，就连学校都找好了。

但是，我的父亲并不甘心让自己的儿子退而求其次。

父亲在我眼中，一言九鼎、背影高大，一直以一种非常严厉的形象存在着。就像那个年代大多数父亲一样，他的脾气并不温和，甚至有些刚硬，我和哥哥从小被打到大。不过，父亲跟那时候的其他家长相比，又确实是有些区别的。

记得第一次高考失利时，我心灰意冷，父亲说了一句出乎意料的话，正是这句话改变了我。他说："你有没有一丁点的信心？哪怕你现在，只剩下那么一丁点的信心，咱们就再考一年……"

我当时多少有些振奋，心想自己也觉得不至于一点点信心都没有，我还没有真正放弃自己到那个地步。

最后我如愿去了大佛寺附近的七十四中学，开始了复读一年的生活，也结识了一群志同道合的朋友。每日在学习之余，我们最大的乐趣就是围坐在一起，朗诵或是模仿电影台词。

1982年，北京广播学院招收播音专业的通知下发到各个高中。在此之前，尽管我是一个北京人，自小在这里出生，在这里长大，热爱朗诵，还参加了很多的比赛，但直到广院招生报名截止的前一天，我才知晓它的存在，方感慨："哦，原来还有一个北京广播学院，还有一个专门学习播音的专业。"

当时，广院的招生简章是直接送到各个学校教务处的，教务处再发到班主任老师手中。简章大概的意思就是，如果校内有符合条件或有意愿想要报考的学生，可以直接报名。

我的班主任是数学老师，基于广院属于艺术类院校、提前考试提前录取的特殊属性，他对它的认识和大多数家长一样，认为它并不是很正规的大学。出于教师对学生的保护本能，班主任老师一直到报名截止前的一天，才将通知贴出来。

我对那天的印象很深，那是下午四点多，刚上完自习课，班主任老师将招生简章贴在了黑板一侧靠近边缘的位置，然后郑重其事地说了一番话，大概的意思是，"我希望某些同学，我就不做具体的点名了，不要因为一些爱好或新奇的玩乐之心，耽误了重要的人生选择，还是要把心思放在高考上，选择正规的大学"。

在潜意识里，当我得知这个消息的时候，就已经有了决定，只是当时没有表现出来。甚至最初我本打算瞒着我的那些伙伴独自去考，因为当时我并没有足够的自信。然而，之后伙伴们的"怂恿""鼓动"打消了我的疑虑——广院提前考试提前录取，即使不成功，也不会与高考志愿产生冲突。我铁下心来，不管成功与否，我都该为自己多年的爱好去努力一下。

下定决心后，第二天我就独自一人去广院参加初试。记得当时我没敢告诉父亲，害怕他不同意，所以只是偷偷向母亲要了钱，坐342路公交车去往北京广播学院。那时参加考试的人很多，有年龄上比我大出三四岁的，也有正在工作的，他们都有家人和朋友陪同。我记得很清楚，那些陪同的朋友一起骑着自行车有说有笑，让我很是羡慕，而我只有一个人，我当时虽心怀忐忑，却也不知道是哪里来的勇气。

录取通知要等上一段时间，邮递到家中。信封是在初试时自己填写的，要求填写准确的家庭住址，信封里放着一张我在报名时上交的一寸照片。如果信封被寄回，里面有照片就说明落选了；相反，照片如果没被退回，那么就说明可以进入第二轮复试了。所以，我看到信封后，双手的劲儿似乎都用不上了，想抖两下，却感觉手腕发涩。终于捻起角，靠近耳朵又抖了抖，没听到信封里照片的声音；再小心翼翼地举起来，用手摸着，看着太阳光射过信封的两层纸，似乎真的没有照片，才敢撕开，开始思寻着怎么告诉父亲。

终于，1982年夏天，我考上了北京广播学院的播音专业。一同考试的那些同学，有不少条件比我突出的，但是却落榜了，而我这样一个有些内向沉闷、貌似不那么突出的人却考上了，这是怎样的一种命运安排？

我知道，有一个人是我必须感谢的，那就是班主任蒋老师。

在我的记忆中，他的面庞已经模糊，身形却近乎高大而神圣，那是近乎仰望的形象，甚至有时我也会疑惑为什么会有这样的感觉，但是他在我的记忆当中，就是那样，稳稳地占据着重要的位置。

在那个时代，那个年龄的孩子对老师的情感，大多是从信服开始的，我便是如此。从无意中在蒋老师办公桌上发现那本写满了学生档案的旧数学作业本开始，从那些即使我们都认为难以毕业的边缘学生的详细资料开始，年少的我隐隐地感觉到了他的不同。

蒋老师是数学老师，但在每次考试结束后，他都会在黑板上工整地写下考卷的答案，语文也好，英语也罢，甚至生物、物理，至今我仍有些怀疑自己的记忆是否准确。可他就是那样，总会带给我更多的惊喜与敬仰。

他的与众不同不仅于此。比如，在模拟考试之前一天，由于紧张，我们都会莫名地聚在教室，没人看书，只是乱哄哄地东拉西扯聊着，或许只是相互想找些慰藉罢了。这时候，蒋老师就会抱着羽毛球拍，带着我们去公园，用他的话说"今天看书，对你们作用不大，放松才是正题"。

蒋老师永远会守在考场门口，询问每一个考完的学生考得如何，让你自己对自己做出最客观的总结。不管是我们信心不足，少报了分数，还是夸大其词地多说些分数，他都非常清楚，并且很肯定地告诉我们："不要被成绩限制了你的判断，你的努力付出一定会有对应的分数回报。"正是由于他了解每个人，我们所有人也就都被他影响，没人敢吹牛或是假装谦虚，因为深知他比父母更了解自己的实力。

虽然当时年少懵懂无知无觉，但是在往后的日子里，他传递给我们的方法的作用却在慢慢地显现，让我越加客观地去看待自己。

在我考上了北京广播学院之后，才有了更加深刻的体会。每一次完成录音作业，从录音棚出来，我首先做的就是自我检视。如果对于这次录音作业能够清晰地分析，那么最终的结果必定是不错的；如果自己很含糊，说不出个所以然，那么这次的成绩也只是平平而已。那种写在考卷上的成绩，对于我而言已经没有那么重要了，我看中的反而是心中最真实的自我评定。

后来，大学毕业留校，我的身份发生了改变，我有了自己的学生，我开始不经意地把自己与蒋老师做比较。我开始思考，学生们想要的是什么？我要传递给他们的是什么？他们能获得什么？怎样做才能让他们真正受益？这些设问、这些思索，像是一种成长的考验，在得到答案的时候，我是在成长的，而我的学生们也同样在成长。

有些人会在不经意间影响着你,就像是在你的成长中埋下的一颗种子,慢慢发芽、慢慢成长,起初你也许并没有意识到它的存在,待枝丫茂盛时,回想过往,你才明了那种隐隐地、若有若无地引动着你的,其实一直存在于深处,虽然那已是很多年以后了。

四年熠音

> "陆老师,我酷爱播音。"
>
> "不要只当着我的面表决心,要在专业上下功夫。"

大学生活,为我留下了太多太多的珍贵记忆:无数个第一次的体验、志同道合的朋友、教导我的老师……都说人总会站在第三人称的位置上去回忆过去,我看自己的过去,就是这样——如同观看一部纪录片的"旁观者"。

其实直到大学开学的那天,我对播音和主持依然没有太清晰的概念,我并不清楚这个专业将会如何发展,更不要说对于未来的规划。后来我才渐渐了解到，我们播音系的学生，毕业后大多直接对口的单位是电台。那时候，我们主要的训练是针对广播电台的播音，如播新闻、通讯、评论。至于电视节目一类则很少接触，更不要说什么节目旁白、专题片、纪录片的解说了。

专业学习开始后，我就陷入了一种痴迷的状态。记得有一次，几个同学和系主任陆茜老师在教室门口聊天。我就站在她身侧，我的性格属于温和而不善言辞的，我也习惯了这样默默无闻不引人注意的自己，那天我脑海中突然产生了一个冲动，一句话不经大脑就冲了出来。我说：

"陆老师，我酷爱播音。"

陆茜老师当时一愣，或许她是觉得聊着聊着，怎么突然就有个学生没头没脑地冒出这么一句来。就随口回我说："不要只当着我的面表决心，要在专业上下功夫。"

我至今还记得当时的感觉，我像是变了一个人，急迫、沮丧、难以置信。我是那么挚爱播音专业，我的人生中，唯独在对于专业的感情这件事上没有遭受过质疑，那一刻我却突然意识到其实自己如此不了解自己。

为此我难过了很久，后来这竟然成为一种动力。每当我沉浸在对播音喜爱的快乐中时，脑子就像突然敲响了回声钟一样，响起陆茜老师那句"要在专业上下功夫"……

于是，看着别人在运动场上驰骋，我却了无生趣，独自闷声不吭地做着各种作业；闲暇时间，只是两点一线，竟然比高中时还勤奋。我承认，那时的我有一种很强烈甚至有些自私的欲望，我恨不得专业课上每一个同学都没有完成作业，那么我就可以一直在录音棚里，坐在那个位置上，老师只给我一个人上课。录音棚在我心中，就是虔诚膜拜的神圣之域，录音更像是洗礼与朝圣时吟诵的诗经。

也许正是因为这个旧时的习惯，时至今日，当一台电脑一个录音软件，此类可移动的简易录音设备渐渐受到一些从业者的青睐时，而我却依然对传统录音棚情有独钟，只要置身其中，我就仿佛忘记了一切，变得十分自由。

在大学的后半程，恰逢译制片盛行，对影视剧配音的需求大增，播音系在此时试行了教学改革，增加了大量教学实践内容。我的专业老师经常会从电视台找来些国外的电影、电视剧，作为我们的配音实践课题。

当时涉及的多是印度、巴基斯坦、苏联等国家的译制片，有电视剧、电影或者短片。我们能接触到的影视作品通常比较冷门，鲜少有制作单位愿意去做，这反而成了我们的实践课题。

在那个时期，有一位老师对我而言很重要，我把她看作我人生阶段中建立自信的标志。她就是吴珊老师，原中央电视台的译制片导演。

吴老师经常给学生们找来一些配音实践的机会，她配音培训班中的很多学生都因此而受益，后来也大多成了这个行业里的佼佼者。

我曾经不太相信自己的能力，但是吴老师却对我充满了信心，是她让我放下了所有的顾虑。她甚至从不犹豫你是否胜任某个角色，而是确切地给你一个信息——她既然选择了你，你就一定能完全演绎好这个角色。

在某种程度上，吴珊老师于我，就像是一种信仰。每每和她合作，我都能放下那些干扰因素，没有任何负担地将注意力完全放在作品上，我只需要思考如何更加真实、自然地完成这个角色就好。

吴珊老师的出现，是那么恰到好处，我常常为此感到幸运难当，毕竟那是一个年轻人，正在徘徊于自我与外界之间，需要认同却又难于获得理解的时候。她就像是一座坚固的城墙，将外界的嘈杂与我们隔开，保护着我们，让我们得以专心投入，在一个纯粹、干净的创作世界里，忘记所有的浮躁与功利。

　　时至今日，我仍然对那段经历记忆犹新——每每拿到一部译制片作品，负责的专业老师会和我们在一起录音，我们会先分配角色，分发剧本文字，然后再观看影片，讨论内容以及对角色的理解。虽然明白这只是配音练习，并不一定有机会播出，但是我仍然兴致盎然，打心底里有一种新鲜和异常的兴奋。我并没有意识到，这便是我配音之路的起点，我的那扇大门就此被轻轻叩开。

　　我记得第一个作品，是来自印度的电影《真真假假》，我在其中的配音角色是男主角的老岳父。在接触之初，我什么都不懂，感觉无从下手，而负责的两位老师，带着我们从接触剧目到解读剧本，从分析角色特点到制作人物小传……在角色的甄选上，一开始我的声音就被定位成老头的形象。老师和同学一起参加试配选角，左挑右选下，觉得我比较适合男主角老岳父的角色声音，男主角的配音人选则是李易。

这部影片，讲的是一个年轻人，利用假胡子装扮成双胞胎兄弟，周旋于富有的未来岳父与深爱的女子之间一系列有点荒唐可笑的故事。这是一部喜剧题材的影片，我和李易之间的对手戏非常多，影片中我们的相互称谓，在多年以后仍然会拿来作为玩笑的话题。

我开始意识到，自己正在成为影视作品的一部分，我的声音出现在电视里面，被那么多人听见，那种心境完全不同于以往。我生怕有任何闪失，给学校或者老师丢脸，每次都早去晚归，甚至睡觉做梦时，也以为自己是剧中的角色，竟然念叨着台词而被自己惊醒。

对于我这个"老头"的声音形象定位，也就这么一直延续了下来，包括之后的巴基斯坦的译制电视剧《继承人》中我配音的角色——吝啬贪财的财主——也是一个老人。为此我还日日拿着拐杖，模仿老人蹒跚行走的感觉，在一次次的重复过后，我似乎真的找到了那么一点垂垂老矣的感觉。

完成《真真假假》译制片配音训练之后，我感到了一些很明显的差别，那是在播音专业学习上的改变。

当时，我们戏称为"三大件"的课程是必学的，即新闻、通讯、评论，合称文体部。除了学习最基础的部分外，如普通话语音和对各类型稿件的解析：分清主次、条理清晰、基本基调、讲什么、怎么讲等技术技巧，还会涉及如何播讲新闻、通讯、评论等内容。

其中的通讯播音、通讯纪实文学这类偏文学的都是我比较喜欢的，我那时经常会尝试用不同的方式来表达、讲述不同的故事、不同的人，在不同的时间用不同的语气语调，我会用当时我对这个人物的理解，用声音去做不同的诠释。那个时候也没有什么自觉的意识，并没有从理性到感性的深刻认识，只是觉得这样做了，作品创作的自由度就会更加宽泛，就会摒除之前那种简单干涩的感觉。

偏偏那个阶段，包括电台的播音内容、播音形式也做了调整，传播方式从原先"一对多"的宣传，转化为"一对一"的形式。这极大地影响了专业知识的输入。

我还记得当时有个很著名的通讯叫《朱伯儒的故事》，内容有点类似于当年的《雷锋事迹》，讲述的是平凡的战士朱伯儒的励志故事。我们听着铁成老师的播音，感觉和之前相比有了很大的不同，不用再拿高腔调，可以像平常说话那样表达。这让我觉得自在，也很羡慕。因为这种表达在当时是不被认可的，也不允许这样去说话，我们学习的永远是"那种"腔调，这就是那一时期的播音。

停不下来

时至今日,环境、身份、工作和年龄,都有了变化,可是,我仍旧不能停歇。时而,我也会问自己,这是为什么?

我经常会与身边的朋友交流,因为我们有着一致的经历,我们用于形容这一时期的词语都是一致的,那就是"直觉""自发""潜移默化"。这并不是巧合,只能说对于我们而言,数量繁多的实践影响是巨大的,大到足以影响职业生涯。特别是译制片的配音,那么大的数量,在创作上的影响,在我们这一代人身上刻下了想抹都抹不掉的痕迹。

毕业之后,我投身于译制片的热潮之中,接触了品类复杂的各种角色,主要的、次要的甚至群众演员，常常在一部作品中分饰几个角色。我不停地录制各种各样的角色，那几年几乎长在了录音棚，但我却乐此不疲、沉溺其中。

与我有着共同爱好的还有李易。我们经常一起讨论译制片中声音的诠释，讨论某一个人物的某种演绎方式，以让这个角色更加富有魅力。我常常在想，或许就是因为我们关注的比别人更早些，才有了这样俘获幸运的机会。我们一同被选中、一同合作自然会觉得无比顺手，我的自信在一点一滴中累积。

第一次为主要角色服务，是一部来自美国的译制片，片名是《师生情》（现又译作《师恩难忘》），由马丁·里特执导，主演是乔恩·沃伊特和保罗·温菲尔德。我负责的角色是一位美国的白人教师康罗伊（Conroy），在那个种族歧视严重的年代，故事讲的是他自愿来到美国南卡罗来纳州种族隔离地区的一个外岛，帮助教导那里的黑人孩子。

导演会选择我，我想最初可能是因为感觉我对小角色诠释得还算活灵活现，人看着也有些灵气，加上我那时已经是北京广播学院的老师，可能更靠近角色本身，只是没想到在录制的过程中还是出了些状况。

由于是第一次接触主要角色的配音，与之前驾轻就熟的小角色相比跨度较大，我心中甚是忐忑，在录制过程中自信不足，导致很多地方处理得不够成熟。在不停地重复录制中，我被导演骂得非常惨烈，以至于陪同的老师都看不下去了，一边劝着导演"别急别急，慢慢来"，一边安慰我"年纪小、经验不足，重新来过，注意不要犯错"。就这样，整个录制过程我基本是在"怵"与"懵"的状态下完成的。

之后很多年，我总结当时之所以能够完成《师生情》，大概是依仗着我大学时那么多年的被批评的经验积攒出的强韧耐力。

这部片子之后，我才真实地体会到了什么叫作成长，虽然当时并未察觉，过后却好像无师自通，自己就懂得了要如何理解作品、处理角色关系、运用声音技巧、建立对自我肯定的自信。总之，经历了那个过程，就像是向前跨越了一大步，就像是站在了更高的台阶之上，这是完全不一样的感觉。

人的成熟，是需要付出代价的。像是咖啡，想要真正品味其醇香，必须先爱上苦涩。后来《师生情》被报送评奖，最终获得了一个怎样的奖项，我已经不太记得了。

再后来，我对于新兴的表达方式产生了浓厚的兴趣，我也尝试着去改变既有的方法与艺术理解，我想要的是一种更为自然的、贴近生活的理解，这并非容易的事。身处一个艺术意识新旧更替的大环境下，蜕变的过程必然会有矛盾与困难，我在其中深有感触。经历过那一阶段的锤炼，我的工作重心开始向配音、解说与教学偏移。

那几年，我如同声音的狂热信徒，马不停蹄地奔走在各个录音棚之间，各种的配音实践几乎占据了我所有的时间。那些记忆是珍贵的，那段时光是我至今仍旧怀念的，我在其中得到了那么多，那么多。

时至今日，环境、身份、工作和年龄，都有了变化，可是，我仍旧不能停歇。时而，我也会问自己，这是为什么？

现在回忆起来，那十几年的时间，我所做的一切多是自发而行，关于个人的锤炼也完全是凭着心中的喜好，积累下来的是大量艺术实践经验。那时我更像是在进行创作的实验，可以用一个声音改变角色的整体形象，甚至可以变为作品中的那个人。这让我感觉无比充实，我无法想象如果没有这些机遇，我现在会是什么样。

有那么大量的作品实践，摸爬滚打中也有了一些自己的感悟和经验，技巧与创作的心智也在实践中得以成长，我可以拿出更多的精力去拉近自己与角色之间的距离，去进行创作思考。虽然那时谈不上什么刻画角色，但却有一种自觉意识，完全自发地去进行关于艺术创作的探究。依仗着学过的知识，依仗着经验积累产生的直觉，依仗着我对声音的执着与挚爱，我在尝试中找寻着属于自己的路。

　　这就是我为未来的铺垫和储备。当时自己并没有有意识地去想象未来，只是在不停地告诫自己：保持自己的热情，保持自己最初的那种心境。现在想想，可能正是因为这样的原因，我的激情与如故的执着，支撑着我最为重要的成长过程；也让导演与老师在我身上看到了可以胜任作品的可能性。

　　所以在那几百部甚至上千部的剧集中，我学到的是传统一点、保守一点，更加符合创作规律的流程，全组人一起看全片，研究剧本、导演阐述，每个人都认真做好自己的工作，不管是表扬也好批评也罢，哪怕是讽刺，都是对于配音的一种深刻的正视。这都是一个完整而符合逻辑的创作过程。

　　我的成长就是如此，一点都不复杂，就这么简单。

我没摔跟头，也没让我感到多么骄傲，骄傲到有多么狂妄。我对自己有比较清楚的认识，不想过多地去评论别人，也不想被人过度关注，因为这些损耗的是我有限的创作时间，我只想默默地做我的声音表演事业。

从初识朗诵艺术到现在，已经40多年过去了，面对作品，我仍旧像少年时一样，爱着甚至更加依恋与声音作品的对话。我忙碌于各种的配音工作之中不停不歇，沉浸其中会觉得无比踏实。我渴望着每一次与作品的对话，我眷恋着的、爱着的就是如此。如果没有声音、没有这些作品，我的内心是空虚的，是乏味的。曾几何时，我忽然意识到，这种停不下来的状态，是我对创作的渴望，也是我心底那个热爱声音的自己，未曾改变过的初心。

创作的嬗变

> 一般公众已经安于一种观念,认为艺术家就应该创作艺术,跟鞋匠制作靴子没有多大差别。他们这种观念等于说,一个艺术家应该创作他曾看见过被标为艺术的那种绘画或雕塑。人们能够理解这个含糊的要求,但是遗憾,那正是艺术家唯一做不到的事情。
>
> ——贡布里希《艺术发展史》

自 省

> 应该永远记住这些:什么是整体的本性,什么是我自己的本性,我的本性与整体的本性有什么关系?我的本性是怎样的一个整体的怎样的一部分?既然你是整体的一部分,便永远不可能有人能阻止你追随整体行动和说话。
>
> ——马尔库斯·奥勒利乌斯《沉思录》

早年梁实秋先生翻译了古罗马皇帝马尔库斯·奥勒利乌斯的《沉思录》,我相信梁先生也是被他言谈中的某种情愫所感动,才会执笔翻译。虽然奥勒利乌斯并不是艺术家,但他却有着对生活与生命极为敏锐的感受。我想他最为珍贵的,就是近乎病态的无休止的"自省"。也许是受了他的启发,我才会在这些年里,总是拿着相同的问题来折磨自己,却每每获得不那么相同的答案。

声音的创作,究竟意味着什么?它赋予作品的是何种价值?

我曾经非常明确地告诉自己:声音语言艺术的创作,与其他艺术创作同属同宗,都是从日常生活中汲取经验,以世界观为铺垫,从而激发审美意向。但是,多年的体验之后,你会发现它又不止如此。

声音,是一种信息符号,不论是配音、朗诵还是解说,都需要声音与语言的结合协作,都称为有声语言。

对于有声语言作品的创作,声音并非是最重要的因素,它只是一种条件、一种保障。不同的人拥有不同的声音,但并不能将声音类型化。在生活中,每个人都存在着有别于他人的特点,生存环境、自身性格、经验历练等,独一无二。

记得在2003年,中国电视剧制作中心制作了一部电视剧《八路军》,我为唐国强饰演的毛泽东配音。这是一部30多集的电视剧,中央电视台第一次提出领袖不用方言的要求,剧中所有的领袖人物,包括毛泽东、周恩来、刘少奇、朱德等,都不能用方言。

之前,因为方言的关系,会有一些专职的老师录此类角色。这次为何而变,以及甄选配音演员的过程都不得而知。在领到角色通知时,我自然有些惶恐,以之前类似作品的角色设定来说,只要一张嘴方言出口,角色的形象就跃然眼前,甚至闭起眼睛都能分辨是谁。针对这部作品的要求变化,角色又涉及领袖人物,这么重的角色分量,让我对自己产生了怀疑,我没有绝对的自信。所以在录完第一集后,电视台的领导还有专家的反馈意见是:"的确没有方言更有形象感与感召力。"

怎么办?既定的规矩无法改变,坚持规定必然会失去某一方面的表现力,作品在某种程度上的完成度也会大打折扣。几经讨论后,最终的修改意见是,尝试在每一对话结尾处,加上少许方言的字音或尾音。

毕竟这是我第一次接触这样的角色,当时真的难倒了我。我积攒的方言类的经验并不多,身边也极少有讲湖南话的朋友,所以加上那一点点尾音的效果并不十分理想。当时,我甚至觉得有些做作,听起来会有跳脱而出的感觉,还不如让我直接去模仿整句整句的方言来得更自然些。况且,这样做的结果,并不能代表角色的全部，我并不愿这样。不论角色身份是何等的人物、距离我的生活有多远，我都希望我能尽量地去靠近这个角色，贴近他，然后，再去满足方言尾音的要求，只有这样我觉得才有信心去做到我想要的效果。

录制现场的记忆很深刻。由于配音需求，我与同场老师之间只隔着一块隔音板，我在一侧录音，整个过程始终感觉自己在摇摆，身体和心理一起在来回地摇晃着。我用这样的方法不断地在其中找寻信心、驱除杂念。最终，我将加入的方言尾音定义为某种符号，我运用方言的某个语调音阶赋予台词一些色彩，为此我还特意去找了湖南籍的朋友求证。直到录制了20多集以后，我才感觉有了足够的自信，让自己停止摇晃的自信。至此，我的创作才逐渐完善，逐渐与作品中的人物贴合。

这是一个不断自我否定和无比纠结的过程。事后，我将这些都归纳为：在创作的过程之中，有太多的因素并不是你能预测到的，但是你经历过这样的过程与没有经历过比较起来，获得的东西当然是不一样的，其中感悟到的方法与艺术手段，将成为你独有的资产。

通过语言表达，让人对你所要表达的事物、景物、人物产生想象，在观众的脑中描绘出情与景，让他们有连续性的、延伸的联想。他们看到臆想中的画面，如果是一个人物，那么这个人物的形象在他们的脑海中应该是清晰的，这个人的行为、性格、外表容貌等都在他们的联想之内。这也可以理解为对声音语言的操控。我们要做的，就是将这种操控与艺术性相结合，让观众有更多的收获。

当然，做到这一点并不容易。

你需要做的准备工作很多，要深入了解你所要表达的事物、景物、人物，并且真正设身处地地去体验、去观察，然后在你的脑海中列出具有详细属性的树形图。基于这些理解建立一个形象，然后描绘出一幅场景画面，将人物、景物置于其中，再去想象、模拟在这情境中发生的事件。这些烦琐的过程如同每个故事需要起承转合的逻辑，缺一不可。

你还需要在其中总结并找出用怎样的艺术手段与方法，将臆想中的画面表现出来，并完成你想传达的内涵。其中细节的部分尤为重要，它将会直接影响到最终的结果。

比如一个人在说话时会有怎样的语言习惯，面对不同的环境、不同的人、不同的情绪或者事件的细节，他可能会出现某一种特殊的声音，在语言上怎样去表达情绪、说怎样的话、用怎样的语气，才能让观众觉得他就是一个那样的人。这是在确定形象之后，如何将其"复活"的要素。

这些需要长久的经验积累与大量深入的研究，并且需要保有一定的自我目的性。如同配音，不是单纯依靠有声语言为画面人物说话，而是要通过人和人之间的关系、人的具体行为和动作，以及人的心理映射，一步步、循序渐进地建立起一个有思想、有灵魂的活生生的形象。

我们真正要做的，就是"完成这个人"，这才是履行创作职责的开始。然而，是否每一部作品的创作与方法都是一致的？找对方法，是否就能对作品进行完整的二次创作？

一直以来，我所想到的答案，总是在下一次的工作中被颠覆，唯一能确定的是，找到方法只是最初的阶段——你需要的是将方法变成习惯，建立一个属于自己的艺术手段体系，在不必分散注意力、完全关注作品本身时，想象空间中就会劈出一道缝隙，只要往前走就一定能钻进去。顺着光亮走下去，就是一个全新的创作开端。即便这个作品已经有人先你一步创作出来，你也能够从自己的角度，找到不同的表现方式，找到属于你的独特之处。

技　巧

主义与方法之争是艺术评论的事情，艺术家也去辩这种是非，进入争论，是最糟糕的事。首先破坏创作情绪，而且是一个陷阱。艺术家一旦掉进去，拿自己的艺术去投入辩论，对创作可是一大灾难。艺术家要赢得自己的创作自由，最好不争论，靠边站，由媒体去评论，让艺术市场去喧闹，尽管走自己的路就是了。

——高行健《艺术家的美学》

说到停顿、连接、重音、语气、语调、节奏等，国内与有声语言相关专业的基础技术都是大同小异的。如果你找来播音专业、表演专业的人，让他们讨论语言方面的话题，内容大体是相同的，像"各种呼吸支撑下声音的使用""字音的形成""字音、声音与气的结合"等等，就是"气声字""情声气"这类的雷同内容。

其实这些技术无非都是根据戏曲、戏剧、曲艺等总结归纳而来的，像传统技法讲究的"吐字归音"就是戏曲中的"吐字发音"，同时也是播音专业的"重音、停连"的前身。再比如"停顿"，这是表演专业的称呼，而播音专业则称之为"停连"。甚至关于气息的支撑，与声乐专业的要求也是大同小异的，呼吸技法、气息位置、肺部横膈膜的运动状态等，都存在着不少相同之处。

现在"技术"高于一切的呼声，让大多数的传授者将理论与技术作为重点，而多数的学生，则注重"气声字"的掌握大过思考艺术创作的方向，更多的从业者，常常因为习了某项诸如"偷气"一类的技巧而沾沾自喜。

作为一个配音从业者，你要对声音做到准确把控，让自己的声音富有弹性，基本功肯定是要过关的。我经常会用"撑得住、放得下、停得住"来形容基本功的重要性。所谓"撑得住"，就是在一部诸如演讲词、诗歌一类中长篇作品中，你可能需要长时间保持慷慨激昂的情绪，不间断地用大音量、高音强的状态去发声。

例如美国帕特里克·亨利的《不自由，毋宁死》（*Give Me Liberty or Give Me Death*）演讲中有这么一段：

> 先生们，战争的胜利并非只属于强者。它将属于那些机警、主动和勇敢的人。何况我们已经别无选择。即使我们没有骨气，想退出战斗，也为时已晚。退路已经切断，除非甘受屈辱和奴役。囚禁我们的枷锁已经铸成，叮当的镣铐声已经在波士顿草原上回响。战争已经无可避免——让它来吧！我重复一遍，先生，让它来吧！

你需要在一个音高上保持那么久的时间，还需要保持声音的清晰、正确情绪的宣泄与可控——这需要基础练习的支撑。如果基本功不过关，最简单的一点，声音的支撑会不够量，声音会疲劳，把控上会觉得力不从心，进而产生破音之类的瑕疵，在完成度上自然就会大打折扣。即使勉强完成，那种声嘶力竭的声音，别人听起来也会感觉不舒服，对你有疑虑担忧，认为这个声音并不是一个让人很放心的声音。

就像我非常喜欢的，赵振铎老师和赵世忠老师的传统相声《八扇屏》，其中最为突出的当属那三段贯口，以其中的"莽撞人"选段为例：

> 后人有诗赞之曰："长坂桥头杀所生，横枪立马眼圆睁，一声好似轰雷震，独退曹家百万兵。"张飞见曹军大退，不敢去追，传令随行二十余骑，摘去马尾松枝，把坂桥拆断，回见玄德，述说以往。玄德叹曰："贤弟勇则勇矣，可惜失于计算，那曹操素多好诈，汝今拆断桥梁，他知你无兵胆怯，势必卷土重来，彼率百万之众，虽涉江汉，可填而渡，岂惧一桥之断耶？"张飞闻跌，后悔不及，顿足言道："我真乃一莽撞人也。"

赵振铎老师的声音很脆、高亢且清晰飘逸。在那么高、那么强的音高下，你可以听得到变化，你能听得出其中的故事内容，有轻重缓急的层次，这不是一般人能做到的，一定是有过硬的基本功作为支撑的。

"放得下"和"停得住"则说的是一种融入感。在作品进入了适当的点后，有时需要戛然而止。这种停顿，需要情感来支撑，才能够做到更好。你要让听众听起来情绪至此就必须要停下来缓上这一口气，不

苏幕遮·燎沉香

管在停顿之前是激烈的也好、缓慢的也罢,到了这个点你就要掐得住。

以我为九方名座录制的周邦彦的《苏幕遮·燎沉香》为例。

燎沉香,消溽暑。鸟雀呼晴,侵晓窥檐语。叶上初阳干宿雨,水面清圆,一一风荷举。

故乡遥,何日去?家住吴门,久作长安旅。五月渔郎相忆否?小楫轻舟,梦入芙蓉浦。

诗词朗诵中的停连,十分典型又尤为重要,稍有差池便会导致听众对诗词内容的理解产生歧义,同时也会扰乱整体的节奏。有人专门进行了关于这首词朗诵的公开课。我在录这首词的时候,也按照自己的习惯标注了停连符号,时刻作为提醒。

在配音或者播讲的过程中,到了需要停顿的位置,必须要停止,并且要做到自然地停在那里,而不是为了停顿而停顿。停顿需要根据上下文情绪连接、人物的内心活动,甚至你创作设定的这个人物的语气语调、气息情绪等而定。"停得下"的同时还要考虑是否能"连得上",这种自然的表现形式,在别人听起来才是不一样的,是有质的差别的。

"放得下"也是同样的道理。在理所应当处缓下来，做理所应当的处理，你的声音要随着你的心境和情感走。要有将一切归于自然的心境，要有缓慢踱步的情绪。

"撑得住、放得下、停得了"是每一个作品必经的过程。

我在课上时常会用陈奕迅那首《好久不见》作为例子：

我来到你的城市，

走过你来时的路，

想象着没我的日子，

你是怎样的孤独，

拿着你给的照片，

熟悉的那一条街，

只是没了你的画面，

我们回不到那天。

……

这首歌，陈奕迅的声音给听众的画面，就是那么一个人，缓缓地讲述着自己的心绪，而这不是你自己的声音，也不是要你去唱出来的。你要做的，只是像陈奕迅那样自然而然、放得下来，按照心中所想的模样，一边想着，一边就这么自然地表达出来。你不会记得其中是否有停连与结构的存在，你会认为这就是一气呵成的完整个体。

只有适应了整个歌曲表面上的平缓，才能发现和完成其中的层次表现；完成这个作品，又必须做到从高到低再到停顿的全过程，每一个阶段都要做得到，不能只做到低而做不到高，也不能立在高处低不下来。就像从黑到白的道理一样，黑色要慢慢过渡到灰色，一阶一阶地再到白色，最后到达纯粹的白。其中的灰色是要分成很多阶层过渡，衔接部分了无痕迹，情绪把握到位，才算是合格的。而这种标准就是建立在基础技能之上的。这一点毋庸置疑。

再者，音色的高低强弱、明暗虚实，甚至语速的快慢，所有的这些技巧都需要利用你声音的弹性去适应，而你练习这方面的基本技巧，最终是为了满足你心中的诉求——你想要表现出怎样一个人、怎样一件事、怎样一个道理，你能做到一个怎样的程度，完成多少细致的层面——这些都源于你诠释作品的原始欲望。所以这就是我为什么说，在我的课堂上，技巧并不是我教授的重点。

此外，声音有可塑性是为了满足作品的要求。作品是自我创作的基础，是对声音可塑性，也就是音色的要求。更为严格地说，"语言的可塑性"是更为适合的称谓。前者更为偏于外在的基础条件，后者则有内外兼修的双重要求。

声音的本质与声音的可塑性，这是一种外部的条件，技巧是使内外融合的通路/渠道。

真正的技巧是服务于创作的。作品的内涵、题材以及对文字的感知与认识等，从作者到阅读者再到听众，所有这些都存在于整个过程里。这个过程就是创作，所有的这些技巧与方法的使用，都应该是为此服务的。

所以，创作应该完全来自你内心的需求，你对一个作品、一段文字有了比较清晰的认识，或者有有别于其他的情感，这种感知不见得一定非得要跟别人有什么不同，但一定是你认为最为切实、深刻的认识。

这不只是肤浅的字面上的解释，不是诸如什么"主谓宾它们之间存在的关系""反衬的是什么"一类的浅显分析,而是要真正做到心领神会,那才是属于你的独到的认识。你能将作品还原为让受众清楚明白的形式,让受众知道你所传达的意图,这个时候再有意识地使用恰当的技巧与方法去表现,用语言描述出你心中建立的那座城堡,才算得上是合格的创作。

  我希望我的学生在短暂的大学阶段,学到的是诸如方向、方法等规律性的内容,培养自身独有的个性化技巧,并将其作为艺术创作的根基。然后,在各个层面的艺术实践活动中,找到自己的长处,养成良好的习惯,将技巧、技术、方法化作一种自主意识,一种存在于思维当中的潜意识。这样才能在艺术创作上投入更多的精力,这时候的"技巧"才算得上真的放进了自己的口袋,"艺术"才会有得以传承的机会。

创作的嬗变

我是谁？

关于"我",存在着多个身份的"我",不论哪个都是"我",但可能并不是完全的"我"。所以有关"我是谁"的自问,恐怕答案总是在变化着的。然而只有在不断地与自我对话中,才有了"我"存在的体现。

我最初的创作,多是为了满足别人的需求,老师的、导演的、观众的,等等,只要能呈现一个令他们觉得对的"人",我就能获得相当的成就感,却很少有机会去思考,自己作为一个活生生的人,在表演中除了要去展现角色之外,自己到底是谁？在做什么？

直到我与革离（刘德华饰）"相遇"，这个问题才真正浮出水面，让我开始正视这样一种似乎有些纠结的自省。

2006年的电影《墨攻》，改编自日本作家酒见贤一的代表作，我在其中为刘德华饰演的主角革离配音。

在整个录制的过程中，我一直克服不了自己的疑虑，脑中总是盘旋着这个问题：观众会不会接受？刘德华的影迷会不会接受？之前刘德华出演的大部分作品，观众更为习惯并熟悉刘德华自己的声音，即使为他配音，也会选择声音上与他有一定相似度的人，不管模仿也好还是先天的条件如此，让观众听来不会突兀，感觉不到有太大的区别与跳脱感。习惯使然，很难更改也很难有所突破。

但是，《墨攻》却改变了这一定律。起初我也提出过异议："我不可能去学，也模仿不出刘德华的声音。"但是张之亮导演给我的理由是——作品需要。刘德华扮演的革离，角色设定是中国古代人物，制作方不希望由于声音的原因，让观众对刘德华长久的"人设"受限于之前的那些角色之中。也就是说，制作方希望刘德华的"人设"有所突破，于是就想到换一个声音试试看。

另外，从革离这个角色的设定出发，40岁左右的年龄，沉稳睿智，崇尚墨家思想"兼爱非攻"的理念，极度厌恶战争等，这样的人物性格形象，可能在我的声音中能找到共通之处，所以经过录音公司的推荐和导演、制片等相关人员的商讨，才促成了这次的合作。

看了整个影片以后，导演同我谈了他对革离这个角色以及整个影片的创作理念。他是刘德华的同班同学，又参与了这部电影的编写，所以，在他的脑海中，总会有一个刘德华与角色融合的画面，而我的声音就是将两者连接在一起的纽带。

面对一个作品时，如果你自己没有自信，心神不能平静，杂念、疑虑、担忧源源不绝，不断地干扰你，然后你以怀疑的态度去完成一个作品，那么不论他人怎样鼓励你、赞赏你，你仍然会认为这部作品完成得不够完美。

整部影片，由于是主角配音，所以预计的录音时间是一天或者一天半，事实上我花了近三天半的时间才完成录制。拖慢整个进度的主要原因在我，我不能说服我自己，一直处于一种自我矛盾与斗争之中，甚至我都不确定这样的台词对话说出来是不是符合这样的人物形象。

张导一直在旁鼓励我。我问得最多的一句话就是"导演你看这样录出来行不行？"我一直在否定自己，却又在不停地重建自己。虽然有时我得到了导演的肯定，但是又觉得从他的眼神中看出，他可能也并不十分肯定这个效果就是他心中所想要的。我自己都不确定的东西，怎么可能让别人也相信它？

电影《墨攻》片段

整个配音是按照影片的内容顺序录制的。实际上基本接近结尾处时，我才不再考虑刘德华和他的影迷，我的头脑中才干净清晰地只剩下革离这个人物。但是那时影片已接近尾声，革离在大雨中回来找女主角逸悦，那个场景下，我的注意力才真正集中起来。

后来我慢慢思索，想要找到自己的问题所在。我想自己当时的症结在于：我并不知道自己在《墨攻》中的角色，我是谁？以及在所有的影视配音作品中，我又是谁？

在《墨攻》中，我是革离还是刘德华？他们两个都是作品中的角色吗？

革离是谁？是刘德华还是作为配音的我？

最初我思索的对象出现了偏移，我更加在意的是如何扮演刘德华而非革离。所以，我桎梏住了我自己。直到后来，我做到了忘掉现实中的刘德华，忘掉作为配音演员的我，让本真的自己与革离、与两千年前的墨子"对话"。这时的我才能更真实、更自然地去诠释这个角色。

当我意识到，我的首要责任是完成演员这一身份所承担的任务，与革离这一角色进行对话，深入体会人物的内心，了解作品所承载的精神与真正的含义，进而做到表演者与角色之间的共鸣与融合，将作品的真谛传递出去，我才在最后找到身为革离的状态。这一顿悟并不能弥补最初时的不足，这也成了我一直的遗憾。后来在采访中，我总是直言不讳地提到对这一角色配音的遗憾，也算是对自己的一种鞭策吧。

关于"我"，存在着多个身份的"我"，不论哪个都是"我"，但可能并不是完全的"我"。所以有关"我是谁"的自问，恐怕答案总是在变化着的。然而只有在不断地与自我对话中，才有了"我"存在的体现。

忘 我

专注一直就不是一件容易的事。现代生活中，我们每天要接触那么多人，加上无所不在的电话、视频、网络、电视，做到专注更是难上加难。而这一切还是外在的，内在还会分心、胡思乱想，或依习惯总想先处理那些简单的、例行的、不需深思的事情，导致好多重要的事都一直被搁置，相当可惜。

——丹尼尔·戈尔曼 《专注》

如同丹尼尔·戈尔曼在《专注》中提到的，在你越是想集中注意力的时候，才越知道头脑中的杂念其实是很多的。平时不在乎的、不想的，即便是你认为琐碎的小事，这个时候也会无缘由地冒出来。你越想让自己静下来，却越难静下来；越是在注意力比较纯粹、比较单一的时候，摒除干扰就越难。注意力集中到"忘我"的程度，并不是那么容易的事情。

在专业配音行业当中，不管是演员还是专职配音的人，往往错把语言技巧当作主要的工具。多数人大部分的注意力都放在技巧与方法上，常常会因学到可以投机的技巧而沾沾自喜，却忽略了重要的"专注力"的力量，进而被大量的"杂念"所侵扰，以至于无法达到深层创作的高度，更无暇顾及受众的反应。

所谓的杂念，就是我们不主动去想时，是感觉不到它的存在的，一旦你需要集中注意力，需要屏神静气地做一件事时，它们就会没缘由地冒出来。即便是具有多年经验的专业人员，一旦进入工作状态，那些杂七杂八的念头也会占据专注力的空间，成为调动自身能力的最大障碍，致使完成的作品会丢失很多应有的色彩与创作内涵。

人与作品的创作意愿得不到平衡，作品也就失去了灵魂。解决这种困局的方法只有一个：坚持去做创作这件事。从生活中的点滴开始记忆，开始理解，主动去接触，主动去实践，主动去思考，让这些内容一点点地融化在身体里,这样就会从根本上减少杂念与负担。没有多余的心可以分,注意力自然就会回到你想要关注的地方。这不是一蹴而就的,需要漫长的时间与大量的积累,直到它根深蒂固地长在你的身上。

记得在我大学时,老师经常提起某位播音前辈,他在完成一个作品的播讲后,走出录音棚时需要扶着墙行走或他人搀扶而行才不至于跌倒。当时我还有些不能理解,因为年轻时的我,很少会碰到这样的情况,所以,我只能理解为我可能确实没有达到那种程度的"忘我"。

从此我就特别想要搞清楚"忘我"究竟是一种什么样的状态——是一种深入的表演状态,是抛弃自我意识的境界,还是完全专注在作品之上的表现?答案没有找到。

记得有一节体育课,学习的内容是跳高。当时老师教的动作姿势,大概是叫"背越式",就是急行助跑,前半段直线,后半段弧线,起跳保持身体伸展,当头肩越过横杆后,仰头、倒肩、展体、挺胸、收腿,形成背弓姿势,过杆后背部落地……

这一连串的动作极其考验身体的协调性。我之前做过一些比较简单的跳高，而这种专业性质的并没有接触过。加上我的运动细胞有些慵懒，对于步伐的节奏总是把握不好，尤其是助跑到横杆附近的时候，身体的配合不到位，每次都是直接冲过去。我做了几次都没有成功，根本找不到老师要求的那种身姿。

于是我趁着老师为别人讲解的空档，独自站在一旁琢磨。我原地不动，想象着到了横杆处，如何原地拔起，身体如何往上挺起，再到胯，再到腰，最后是腿。反复琢磨着，忽然就觉得有那么一次跳跃，感觉离地特别高。当我反应过来的时候，整个人已经趴在操场上了。那时正好学校在翻新操场地面，炉灰渣满满当当地扎了一身。

我时常回忆起那一幕，我知道自己当时做到了完全忘掉一切，自我意识在那一刻完全被屏蔽掉，身体自然而然地随着意念而行。

所以，"忘我"也可以称为"专注力"的无限集中。做得到某一种程度的忘我，身体上也会产生某种消耗。就像我现在，随着年龄的增长，身体自然不如以前那么结实，加之自己对于作品的理解和专注程度较之从前也成熟了许多，才确实感受到了那种极端的身体消耗。只不过我的反应不会太过明显，表面上可能只是有点失神,有点恍惚地嘟囔,身体上也会感到疲劳。这种身体上的消耗是肯定的,这也是促成你进入"忘我"状态的必然条件。或者可以说,长时间注意力高度集中情况下,身体的消耗大大增加,这种状况在你突然松懈下来时,身体来不及自我调节,就会产生那种近乎虚脱的情况。

"忘我"可能更多的是在对自己的观照。作为演员,你不是只对你所扮演的角色观照,还需要对自己作为演员这个载体、这个工具有一个观照——找到某个理由,订立一个怎样的目标,让自己专注在这样一个目标上,加上一个合理控制杂念的方式,就会彻底地进入作品,变成其中的角色,从而忘记了自己的存在。

"忘我"说起来简单,做起来却不容易。说它简单,我们可以理解为注意力百分之百地专注在作品上,与之完全融合没有芥蒂,就会达到"忘我"的状态。难的是,如何对抗我们自己不能完全控制的、来自外部的"干扰"(也可以称之为"杂念")。

记得曾经接触过一部话剧,改编自名叫《死吻》的法国小说。其中的男主人公,是法国一个有名剧团的演员,他性格高傲、孤僻;他的演技非常好,名望很高。女主角是剧团里的一名常驻演员，两人在生活中本无交集，在剧中剧的情节是排练一部名叫《死吻》的剧目。

男主角在剧中的角色，是暗恋这个女演员的。爱到极致，便产生了强烈的嫉妒心，嫉妒她身边的一切。为了能达到最好的效果，编剧和导演在日常生活中刻意培养二人的情感，让戏中二人的角色与实际生活中的关系变得更为相似。男主角的性格本就高傲孤僻，极少与人来往，他的演出经验非常丰富，加上剧中的环境与现实的环境极为相似，让他渐渐地陷入了角色的内心。这个本就高高在上的英俊男人，深深地陷入了戏中戏的境地，而剧目的高潮是他向女主角表达深深的爱意时，他瞬间产生了一个想法，做出了一个动作，那就是吻她，不可自拔地深深地吻她。直到女主角窒息，这个吻仍然没有间断。最终完成的这个吻，便成了一个"死吻"。这本是剧中剧发展的方向，可是，男主角却在公演的那天，在万人瞩目的舞台上完成了一个深陷爱情难以自拔的真正意义上的"死吻"。入戏太深就是"忘我"的形容词之一。

"死吻"中的那种状态并不是轻易就能做到的，它的基础条件是要做到百分之百的专注与投入。就我个人而言，"忘我"也并非一种常态。不避讳地讲，很多作品我只能保证我的专注力达到百分之六七十，剩下的百分之三四十的空间，有些时候是我控制不了的。此时此刻思维中存在的各式各样的想法，可能在不自觉的那一瞬间，一下子就钻进脑海中分散了注意力，这是极难把控的。而在这样一个状态下，我能做到的就是尽量保持潜意识中的不丢、不断。对于作品的创作和诠释来说，就已经很不容易了。

"忘我"是基于对作品的一种深入的状态，其中的不可把控性很高，有时甚至是可遇不可求的。然而，这种全身心的投入就是创作的最高阶段吗？

创作的嬗变

受　众

实际上根本没有艺术其物。只有艺术家，他们是些男男女女，具有绝佳的天资，善于平衡形状与颜色以达到"合适"的效果；更难得的是，他们是具有正直性格的人，绝对不肯在半途止步，而是时刻准备着放弃所有省事的效果，放弃所有表面上的成功，去经历诚实的工作中的辛劳和痛苦。我们相信永远都会有艺术家诞生，但是会不会也有艺术？这在同样大的程度上也有赖于我们自己，亦即艺术家的公众。

——贡布里希《艺术发展史》

艺术家与受众之间的沟通，通过作品本身所传递的要远大于语言的解释。有时候，我们常常专注于创作的过程，至于与受众沟通的环节，则往往被排在了创作结束之后、作品展示之时。于是，创作者在创作的过程中，充其量只能和自己想象中的受众沟通，甚至大部分情况下，他们并不认为自己的心里需要存在一个具有现实意义的受众。

很多时候，我都在矛盾着，创作究竟是表达自我还是服务于受众？

如果简单地用"商业艺术"这个名词去解释，认为服务于受众的就不是艺术，而是商业产品，这就仿佛是一种概念游戏——语言上的简单干净的定义，并不能改变它在实际发生的情景中调动了人类相同的感知觉的事实。

于是，我一方面想要表达自我，另一方面又时时陷入"受众能否接受我"这样的怀疑与纠结中。

直到2011年，在由李仁港导演执导，张涵予、黄秋生等主演的电影《鸿门宴传奇》中，我为黄秋生饰演的角色范增配音，在这部作品里，我才意识到维特根斯坦所说的"私有语言"。非语言表达的意识传递的方式，专注于内心世界的传达，不要拘泥于语言的措辞、语气的技巧，内心世界永远比语言更加丰富。我要找到黄秋生与范增内心世界的切入口，就像古人说"言不尽象",那么我所做的,不是单纯"言"的表演,而是"象"与"意"的演绎。

鸿门宴的历史典故,本身叙述的就是智慧与勇气的对抗,这一点正符合了受众喜闻乐见的"对抗"属性。我同李仁港导演有过多次合作,像《锦衣卫》《见龙卸甲》等,所以我知道他想要的,他也知晓我的特点。这与和陌生导演合作不一样,我们之间不会产生太多的、某种不便言表的隔阂。

至于黄秋生,他与我早年间有过几次合作,算是有些熟识的成分。在最初合作的作品《证据》中,他是一个很实实在在的、很现实的人物形象。从《唐明皇》的帝王李隆基到《四大名铺》的诸葛正我,我一开始接触这个演员时是一个什么样的角色,可能他留给我的印象就是怎样的人。像若干年前的电影《老港正传》,他主演的是一个电影放映员,普普通通的小人物,整部电影以他的人生经历为主线,香港电影的发展贯穿其中,人和事的变迁正是通过这样一个简单平凡的故事和这样一个人物形象体现出来的。

这一次他却不一样了。他所饰演的范增,是项羽最优秀的谋士,满腔的热情却落得"空背疽"的下场。这个人物内心的世界,本就充满了情绪的激荡。

恰巧导演也提起,在拍戏时,张涵予同黄秋生两个演员互相飙戏擦出了激烈的"火花":他们各有各的准备,甚至相互约定在拍摄之前不见面、不对戏,只为在摄像机前全情投入地来一场漂亮的对抗。

电影《鸿门宴传奇》片段

我与其说是黄秋生的声音,不如说是范增心灵语言的"窗口"。我就像是一把武器,是黄秋生与张涵予飙戏的终极武器,也是范增与张良在战场上厮杀的具象体现之一。我要辅助黄秋生去完成范增最终的战役,战胜张涵予饰演的张良。

在录制的过程中,不管是张良还是扮演张良的张涵予,都是我假想中的对手,我甚至觉得我在某种程度上十分了解张良、了解张良的扮演者张涵予。所以在正式录音之前,我们就像是达成了某种共识,虽然并不是同时录制,而是分开进行,但在声音上我们也产生了一种对抗。

这样的对抗,并不是单纯通过台词来传递的,它通过声音表现的是这个时代的受众可以理解的"对抗""愤懑""伤怀"这样的情绪或意境。

我把自己想象成黄秋生的受众,又在心中想象电影播放时观看范增的受众,我与黄秋生共同融合为范增,又有了一个双重意义上的受众。这是一个想象受众的过程,可以让你对作品传达的"私有语言"更加清晰。

想象受众,某种程度上来说,你需要"接收"到几个信息点。除了平日对现实生活的观察、分析、研究、体验等大量来自生活与创作的累积外,还有就是"积极了解"——比如一部影片策划之初,根据调研分析结果定位观众群体,从而得到一个细化的分类。针对这一分类,对应这部作品的观众形象就会出现在你的头脑中,你会对他们的年龄、文化水平、生活特性、社会地位等,有一个相对准确的判断,并建立起相应的模块,然后站在他们的角度上去想象他们的理解方式。

就像是某些人所说的,你在接触不同人、说不同话的时候会产生积累效应,这时候你就会做出判断,这句话在这样讲的同时,在脑海中会出现一些似曾相识的参照物,给你理所当然地继续这个话题的理由;你之所以会做出这样的反应,是因为你清楚要面对的是怎样的人物,你会不断地在头脑中判定这个人物的一些情况,进而作出评价,你会按照这个人物的设定去进行调整。这样的处理方式，就是想象受众的一种潜意识的表现，其中涉及的重要一环，就是日常思考习惯的连贯性。或者你可以称这种连贯性为"接收"与"接受"。

最终接受的条件，与自身对生活的感悟和观察、日积月累的历练以及对人性的深刻认识，有着莫大的关系。要自己在某种程度上有了深入的体会，你用怎样的理由来说服自己就是这样的人，这才是接受。

把这些串联在一起的，是具有灵魂、具有人格的作品形象，这才是创作最终的形态。某些时候，即便会出现关键性的人，提醒我们，指导我们，但是这个人不会时刻存在，这种意识可以暂时忽略，却不能完全丢失。这种意识应该始终存在于暗处，只有将它变为习惯，一个有头有尾的阶段性轮回。这样的观照受众的意识，就像是内心的另一个声音，它的批评或略显刺耳，但对创作来说，其实是至宝。

理性与感性的约会

艺术,让人成为人。

——理查德·加纳罗,特尔玛·阿特休勒

通透的声音像玉一样

这种声音是与生俱来的,这种通透是某些人追求了一辈子都无法实现的,它并非是只停留在或高或低的某一点上,而是整体的纯净与明亮。没有杂质的声音拥有玉石般的属性,温润、通透、明亮,最终让聆听变成了一场美好的意境之旅。

在我的身边有很多先天条件极为优秀的人,他们的声音原本就很通透,听起来少有杂质存在,这种就是因先天结构的异同而形成的绝对优势。就像声乐中,有种拥有"婴儿喉咽"的歌者,他的小舌部分生长缓慢,即便在成年后也与婴儿时期大致相同,所以,不论是高音、中音还是低音,他们的声音中永远会有类似婴儿那种漂亮干净的亮音。只此一点就是很多声乐人一辈子都无法企及的。

在配音行业中,先天条件突出的,像徐涛,他声音的优势就非常明显,带上监听或耳机,仔细聆听他的作品,你会被这个声音所吸引。那是一个很有特点的声音,会与你的耳膜产生共鸣,带着特有的激情华美的冲击感,加上他对作品的处理方式与经验技巧,绝对会是那种一听便会让人上瘾的声音。

像李易,他的声音明亮清晰,具有一股天生的正能量,加上他遵循的原则——自然真切地表达,让他的声音威严正义、浑厚又富有磁性。他的声音标志非常明显,只要一听就知道是他,曾有人评论说"中国95%的人听过他的声音"。而他的那句"这里是中央电视台纪录频道……"至今声犹在耳。他的"好声音"是国家的声音,是一个时代的标志。

再比如说任志宏的声音,平缓悠然且极具磁性,富有感染力,带着淡雅的诗韵和文学的美感,像戴着华彩的诗人。孙悦斌的声音,则更像那种深远而清澈的泉水,规范性极强,强大的情景再现能力让他演绎的作品中透着灵动与真实。

至于我的声音,更加偏向于情感的表达,低频较多,有柔软温暖的属性。如果以声乐分类,我想我应该算是中低音的范畴。在九方名座配音的时候多了，老友刘奇伟曾经笑谈说："李易的声音是国王的声音，威严公正；徐涛的声音是将军的声音，慷慨激昂；李立宏的声音，是父亲的声音，温暖平实。"

我曾经听过那么一个声音，一入耳便已足够惊艳，这种感觉不是出自专业人士的评论，而是那种最直接的感受，这个声音来自朝鲜的血海歌剧团。

血海歌剧团历史久远，是朝鲜瑰宝级的艺术团体。对于经历过"文革"的人而言，他们对这个歌剧团一点都不陌生，甚至可以说还存在着一定的情感，"文革"期间非常有名的剧目《卖花姑娘》《血海》《党的好女儿》等经典歌剧作品，对中国观众影响至深，每每演出观众必定情绪爆发泪流满面。进入新世纪，血海歌剧团以自己的方式改编了我们大量的经典名著，例如《梁祝》《红楼梦》等，中国为此还专门赴朝协助排练，当时的演出引起很多人的关注。

那次演出，确切的时间应该是在2010年的初夏。作为中朝友好联欢的重要项目之一，它改编自我们的文学经典名著——《红楼梦》。他们在北京电视台大剧场首演，我非常幸运，观看到了他们的演出。给我留下最深印象的，就是那些通透至净的声音，那种感觉就像是静谧幽深的丛林中蜿蜒而下的溪水，是那么的流畅与纯净。尤其是男主人公宝玉的扮演者，是一个青年演员，据闻他是音乐世家出身，爷爷是朝鲜的功勋演员。他一开嗓，那种干净漂亮的声音，一下就抓住了我的耳朵。

哭黛玉的那一段，他走过去单手扶住桌子，开始吟唱，越说越伤心，越唱越难过，从扶着桌子，到慢慢俯下身去，到跪下身去，到深深地埋下头去，整个演唱的过程，声音始终是干干净净的，带着几分空灵透亮又毫无瑕疵。他就那么唱着，他的声音有种让浮躁内心沉静下来的魔力，你甚至不觉得那是个声音，我脑子里当时出现的就是一块晶莹剔透的美玉，洁净、无瑕，透着水头与晶亮，甚至可以感受到一种柔滑的触感。

这种声音是与生俱来的，这种通透是某些人追求了一辈子都无法实现的，它并非是只停留在或高或低的某一点上，而是整体的纯净与明亮。没有杂质的声音拥有玉石般的属性，温润、通透、明亮，最终让聆听变成了一场美好的意境之旅。

这么多年过去了，那个声音依然时不时地在我脑海中响起，扎根在记忆的深处。

理性与感性的约会

40岁时再听李宗盛

　　一段段感人至深的感情,一幅幅精致清丽的场景,一个个生动唯美的故事。当你听到他诗人一样的吟唱时,内心升起丝丝隐隐的感触,在慢慢地回味中,这种感觉盘根错节地生长着,让我越来越沉醉。

　　40到45岁那几年,我谈不上有什么特殊的经历,但是回忆的时候,又总觉得它是某种节点,成为我人生转变的一个里程碑。

　　我虽然是声音从业者,却连续很多年都不唱歌了,不像其他播音专业的学生,他们常常都会出现在学校的合唱团里,虽然他们大多并不认识乐谱,但是无论是齐唱还是合唱，所有的旋律与歌词都可以凭借着记忆背下来，甚至被公认为全校最好听的声音。而我就逊色多了，不仅乐感不强、音准不好，而且并不太敢开口唱歌。直到最近几年，我却变了，开始随着自己的心境，"想唱就唱"了。

也许真的是"三十而立，四十不惑"，一切要从我听李宗盛的歌说起。那是他的"理性与感性演唱会"，我看到他远远站在台上，声音缓缓飘过来，我很纳闷，李宗盛那样的一个男人，外表有点粗糙，性格似乎随和又沉闷，他写的歌却比女人还要敏感和细致。

歌词里，有着一段段感人至深的感情，一幅幅精致清丽的场景，一个个生动唯美的故事。当你听到他诗人一样的吟唱时，内心升起丝丝隐隐的感触，在慢慢地回味中，这种感觉盘根错节地生长着，让我越来越沉醉。

他的歌有一种极强的冲击力直指内心，有一种想说而说不出的感觉，让人意犹未尽。于是我反复聆听细细品味，或歌，或词，或意，沉溺其中难以自拔。

于是，我开始关心他创作背后的那些故事。有很长一段时间，我都会留意那些有关他的报道与消息，收集关于他创作源头的事件。一次很偶然的机会，我在一家电台听到了对他的专访，主要内容是谈论他的创作历程，比如他为某一个歌手写歌之前，首先要对这个人有一定的熟悉度。他习惯于先了解，而后再去挖掘，挖掘发生在歌手身上的事，基于感情的、友情的种种，他很清楚这个歌手的性情与过往经历。在了解和熟悉的基础上，有了某种很直接的感受，生成了你就是我的情愫，产生了真实可靠的想象与联想。在这样的基础上，他才会为这个歌手写歌。

有时他甚至会联想出一个完整的有着详细情节与逻辑的故事作为背景。比如，他为赵传写的那首《我终于失去了你》，是在一次观看赵传的演唱会时产生的灵感。那时的赵传处于演唱事业巅峰，李宗盛坐在台下的贵宾席上，看着台上意气风发的赵传，一个如此相貌的男人却唱出了那么多好听的歌曲，现场上万人因他的歌声而沸腾。李宗盛头脑中忽然就闪现出一幅画面：一个女人，有别于他人，安静地坐在台下，默默地注视着台上的赵传，泪眼迷蒙。舞台上那个属于她的男人事业有成，却忽略了爱情，而他深爱的女人此时此刻就在台下看着他，那种距离越来越远，身影也越来越模糊。男人终于拥有了一切，却在最辉煌的时刻失去了毕生所爱。虽然，他不是有意识地在淡化他与她的关系，但是，他却忘记了告诉她自己不曾改变的爱意。

> 我终于让千百双手在我面前挥舞，我终于拥有了千百个热情的笑容，我终于让人群被我深深地打动，我却忘了告诉你，你一直在我心中，啊，我终于失去了你。

如若不是李宗盛自己道出其中的缘由，我们可能一辈子都不会知道那个隐藏在寥寥数句歌词之后的故事。我想李宗盛在灵感来临的那刻，是将自己变成了台下的那个女人，那个伤心欲绝、泪流满面，却仍旧跟随着音乐轻声哼唱的女人。

《鬼迷心窍》的创作也是如此。他对这首歌曲的表述不一，有的时候在某一个城市，有的时候在一个航班上，总之他遇见了那么一个女孩儿。这个陌生的女孩儿与他只有一面之缘，但是，直觉上他觉得这个女孩儿好像同他前世有着某种联系。女孩儿是如此美好、如此鲜活生动，擦肩那一瞬间的发香犹存。他决定将这样一个没有结局的故事延续下去。就在当天晚上，在旅馆里，李宗盛写下了《鬼迷心窍》：

曾经真的以为人生就这样了，平静的心拒绝再有浪潮……

春风再美也比不上你的笑，没见过你的人不会明了……

然而这一切已不再重要，我愿意随你到天涯海角……

我想李宗盛在机缘使然的情形之下，真的会随着那个让他鬼迷心窍的女孩去流浪吧？这首歌的意味是何等真切，究竟是怎样一个女人，可以让李宗盛使用"鬼迷心窍"这样的词语？

答案的揭晓，是那么令我意外。"一千个人心中有一千个哈姆雷特"，这其中曲折的感情纠葛，最初的情由，竟然只是他与女孩儿的那么一面、那么一眼。

李宗盛每一次的表演都是不一样的。在不同场合，面对不同的观众，对同一首歌曲的演绎都不相同。每一次的歌唱里面都藏着某些含义与认知，哪怕只是那么一丁点的情感上的改变，最终传达给听的那个人，也会让他有不一样的领悟。

这也印证了我的看法：一个作品并不是只有一种方式能够传递。

那些不论自己多么喜欢的文字，或是因为某一个人使用某种表达方式诠释完成的作品，即使我对其中某一个因素有所偏爱，我也从不认为那是这个作品唯一的表现方式。我只是认为，在我接触它的此时此刻，它可能暂时算是比较好的呈现方式，但是离开了那个时间和那个空间，它一定还会有其他的表现形态。

作品的表达没有固定的公式，每一次的表演，或多或少都会渗进一些自己的感触、认知和所要传递的东西，甚至某种欲望。

所以，我不时会提醒与要求自己尽量去挖掘源自内心的不同感受，但我不会刻意为自己做出每一场都不同的规定。我会至少在还有这样的意识时，尽可能地提醒自己："这场应该与其他不同，不要拿着同一个作品，在不同场合、不同主题下都使用一样的东西。"

就像在不同的场地，面对不同的观众，你站在舞台之上，你眼见的舞台之下漆黑一片，抑或清晰可见，我都全当只有声音，也只依靠声音，去感受台下的情绪起伏。

主角的故事

那些激动的、冷静的、沉默的或爆发的情绪都需要你曾经经历过,或最起码参与过、悟到过其中的精髓,才能真正走入作品的背后,体会作者创作时的心境;才能真正走入角色的内心,成为所有人心中的那个主角。

每个作品的背后,都有着不同的故事。每个作品的创作者,一定是因为某种具体的原因,才有了这样的创作。创作者没有将这些封存于内心,而是用文字或画面将它记录下来,这其中一定有某种很具体的因素,促使他只有完成了作品,才能够解开心中的纠葛。所以我试图去接近它,即使很难达到,我也愿意一步一步地接近它,找到创作者最初的那些牵挂。

记得几年前有一天，徐涛在酒桌上开了个玩笑，说李易擅长商业配音，只会配纪录片和广告，却不一定做得出文艺范。虽然是句玩笑，没想到李易却较起真了，他饭后离席，竟然执意回到九方名座，在那里洒洒脱脱地录了一遍《再别康桥》。我们都没想到，李易的这版"轻轻的我走了"，竟然会成为后来他的告别曲，这是后话了，暂且不提。

后来，刘奇伟找到我，说他想要比较徐涛、李易和我三个不同版本的《再别康桥》，让听众找到属于自己的"声音"。这个想法让我有点好奇。

几天后，网上就有了徐涛、李易和我三个人演绎的不同风格版本的《再别康桥》。出乎意料的是，网上听众的投票结果显示，李易获得的听众评分，是我们三个人中最高的。

起初，我有过判别比较的心思，可是在听过我们三个人的版本之后，却有些莫名的感触——每个人都是不同的个体，并不存在完美与否，都有独一无二性。

就像徐涛，他对于徐志摩、对于《再别康桥》的认识、他观察与理解作品的角度与我并不相同，他对徐志摩的某些经历特别关注，甚至为此查找过许多资料，他思考了很多的细节，那些都是更为偏理性的东西。所以，他将这些了解与认识，植入了他对徐志摩作品的表达之中，可以说，这是徐涛认知中的"徐志摩"，他将自身强大的主观意识带入作品之中，并且他有这样的能力去驾驭。这是他的特点，也是他的魅力。如果只是针对这一版本的《再别康桥》，他理解中的那个故事，也许偏于理性，甚至有些绝对的意味，但是却不失激昂慷慨，能打动你心中某个掩埋了梦想的角落。

《再别康桥》
（徐涛朗诵）

李易的版本，我初听之时，并没有留下深刻的印象，仿佛他真的是"轻轻的来"诉说，一度我还认为他并没有太认真地对待这件事情。但是再听之下，却又感觉那就是真实的他。他在作品中，还原的是他自己，他没有去扮演徐志摩，或任何他想象中的角色，在"康桥"这里，他完成的是他自己的声音，甚至我猜想，他诉说的是他未来的故事。

《再别康桥》
（李易朗诵）

这些年来，我与李易合作数次，他的创作中充满了自然的活力，这与他的创作理念、人格魅力、情感宣泄是一致的。然而世事难料，谁曾想最初的提议，竟成了他追悼会上的临别悼词。如果他在天有灵，听见在为他送别那日他自己轻诵而出的"轻轻的我走了，正如我轻轻的来"，看见本不想让悲伤成为主角的千人送别会，会是怎样的感受？是欣慰、伤感、留恋，还是泯笑苍生？我停滞在此，不知道答案。

《再别康桥》
（李立宏朗诵）

至于我自己的《再别康桥》，我从始至终都在寻找，试图沿着徐志摩的心路历程，还原他重回康桥时的心境与感悟，那些让徐志摩诞生了灵感的背后，是什么样的性格与心性？

但有别于徐涛的观点，我更偏向于感性方面的理解，我希望传达给他人的，更多的是来自作者的想法，来自创作中的意境，而并非是我自己。

走出国门来到欧洲的徐志摩，看到的、感受到的一切都是新鲜的，于是他被震撼着、被吸引着。这种感觉，对于所有第一次出国的人来说，都是相似的。

他第一次来到康桥时，可能是坐了一个多月的船，漂洋过海地来到这里，到写《再别康桥》这首诗的时候，这个地方给他留下的已经不是记忆了，而是烙印在身体与头脑中的改变。他重游故地时，或许会考虑到很多令他不太愉快的因素，比如余生是否还有机会再来，在倍感亲切之余，又思绪万千。遗憾的是，他此次的到访太过仓促，相识的朋友一个也没有见到就要离开了。那些漂泊于海上时心心念念的期许，一件都没有实现，唯有惋惜、惆怅与感叹。带着这样的情愫，在返途的船上，他写下了《再别康桥》。

诗句中的"河畔金柳、波光艳影、软泥青荇、一船星辉"，这些场景我曾亲眼见过。在我到达剑桥的那天，进到某个学院，偶然经过康河上的一座小桥，我站在桥的这边，看到对岸的风景，桥那边夕阳映照下的柳树，真的是金黄色摇曳着的，我甚至不自觉地找寻着河岸边水底招摇的青荇。这些是我经历过的画面，与徐志摩当初的心绪，通过诗句连接了起来。

如果我的传达，恰巧被你接收到了，我想至少会有那么一个瞬间，会觉得与徐志摩的距离，并不是那么遥不可及，又或许，你、我与他的灵魂，本就在另一个神秘世界中交汇着，只是通过声音，我们在现世找到了彼此。

那些激动的、冷静的、沉默的或是爆发的情绪都需要你曾经经历过，或最起码参与过、悟到过其中的精髓，才能真正走入作品的背后，体会作者创作时的心境；才能真正走入角色的内心，成为所有人心中的那个主角。

理性的声音

声音是用声音表达人身体"在世上的存在",声音和听见声音的人"在世上的存在"进行谈话,声音充满这两者之间的空间,把两者彼此置于关系之中,并在两者间建立了关系。这个给听觉以声音的人,触动了听见了这声音的人。

——艾利卡·费舍尔·李希特《行为表演美学》

《再别康桥》三个版本的配音,不仅是三种截然不同的情感表达,而且还是通过三种迥异的音质演绎出来的。

从这次录制之后,我对于自己的创作方法开始有了一定的自觉。我知道自己已经形成了一种非自觉的习惯，每每面对作品，首先会试图接近作品背后的故事，去理解创作者的初衷，感受他的内心，然后将这种情愫关联到自己身上，不断去发掘文字背后的秘密，调动所有情感去表达它。

在这一过程中，直到最后一步之前，其实都是一种理性的状态——理性地运用分析、逻辑推演、联想等手段，去思考如何控制自己、如何运用技巧，去做到最好的发挥——然后在创作的时候，再彻底忘记这些思考。

艺术家是凭着感性在创作吗？我想感性是连接作品与听众的重要话题，但又不仅如此。

比如有人说，对声音的训练，应该是一种无意识、自发的，没有过多的想法与分析，只要有可以得出正确判断的感知力即可。

我却难以苟同。这种训练的过程，需要的是清晰的理解、精准的判断以及支撑自我的强大毅力。想想当年，我们最基础的，是发声训练。我在训练中，始终是用理性而不是用情感在做判断："这里不对"或是"那里还差一点"。于是慢慢地，我通过学习调节音调、音强的高低变化、情感表述或者收缩咽喉来制造另一种听起来有差异的声音。我现在的音色,可能被认为是温暖醇厚像父亲的声音,而再往前推20年,那个时候的音色则听起来直白、硬朗,虽然逃不掉成熟声音的本质,但和现在还是会有一些区别的。

声音的产生,是源于发声者的心智决策,触发的却是人们的感觉器官。通常认为,声音一方面要使所讲的内容在句法上清楚;另一方面,还要强调、突出语句中所包含的主要意思,加强所讲的话对受众的影响。

歌德在他1803年写的《演员守则》里曾经提到过如何运用声音来为所讲的话服务,那时候声音天然是依附于语言的。直到后来自然主义诞生,人们才意识到,声音和话语之间的关系并不是那么密不可分。声音和用声音传递出来的话语,可以不必完全一致,尤其是通过语调、重音、音高、音量等,可以表达与语词完全相悖的意思。比如仅仅是一个友好的问候,却可以从声音中推断出害怕。"语言会说谎,身体却不会"。声音就像别的躯体表现一样,会袒露出人物的"真正"状态。只是这种状态仍然是一种近乎"假象"的"真实",因为我们并不是真的体验了,而是一种模拟的状态。

如果再进一步思考，一个经过训练的人，他操控自己的声音，进入"模拟真实"状态，显然最初的缘由并不是他的情感，而是他之为人所拥有的某种心智机制，如果用一个已有的概念来指称它，我宁愿选择"理性"。

很多研究现代歌剧的人都知道，这种形式的艺术，已经慢慢脱离了对语言的绝对控制，正在追寻声音本身的"表达"，即如何冲破更高的音阶。"声音唱得越高，它和语言就越没有关系。到最高音的音阶时，所发出的音已经不能再让人听清。这样的高音，所发出的语句均不能听懂，歌唱着的这种声音，给听众造成了快乐的'敬畏'，歌声越接近大喊，越会转变为极大的'敬畏'。"[①]

当声音和歌词的意义分开，也就是在"花腔"到了顶峰时，声音就是在用"天使的喊叫"向受众"说话"，人们的感官与内心的感受开始融合。"敬畏"带给受众另一种感官的冲击，而最初创作者对于"敬畏"的追求，是来自对效果的渴望，而不纯粹是感性的表达——这是从理性始发归于感性的过程。

---

① 李希特. 行为表演美学[M]. 上海：华东师范大学出版社，2012.

这仿佛是一场理性与感性的约会：理性不断地揣测，感性沉浸其中，想要跳脱感性的生涩，却又需要获得理性的关注，只有通过理性的犀利挑剔，感性才能找到自己最美丽的瞬间。这让我不得不去深究理性、感性与艺术创作的差别，以及为何转变。

理性与感性的约会

作为朗诵者、配音者、演唱者……我们演绎的那些个片段，是要激起他人的共鸣吗？还是通过理性的认知与感性的理解，来解读生命的意义？我们是在表演声音，还是在将繁杂化为简单，用作品去呈现人短暂的一生？

从理性到感性的过程，很多变化都是不知不觉间发生的，从最初毫无察觉到渐渐觉醒，我可以感受到的是感性的理解，甚至有一些已经超出了感性的层面，是在用我理性的一面对自己进行总结。

以我个人而言，最初寻找的慰藉，大多是基于理性的认知，如同很多从业者一样，技术论、方法论曾占据了我人生的一个阶段。像是毕业后的那些年,不论是译制片还是纪录片,不论是解说、配音还是朗诵,我潜意识中注重的是那些理论、技巧与方法,就像思维直接抽取了关于理性认知的部分,去进行再加工。

这条路走起来荆棘密布,并不只是寥寥几笔就可以描绘的,比如"激动"这一情绪,其中就包含了丰富的层次,前因后果影响之下,表现自然就会有所不同。很多人对于这种细微的区别最初是感觉不到的,做起来自然就不会那么真切,只有慢慢地用心积累,把那些看到的、听到的、感受到的、经历到的,一点点收集起来,才能将虚浮的概念变为具体的、实在的、可感受到的、真实的、具有细微差别的东西。

意识渐渐复苏,在某种程度上,才能做到将感知的内涵化为无数细节再次传递出去,并且能够让他人也接收得到,这才能算得上是与作品的最近距离。这是一个漫长且艰苦的阶段,一个严谨、完整且需要机缘的过程。

高行健在台湾大学做过一次主题为"艺术家的美学"讲座,让我印象深刻的,是他对感性、感知具象的强调:

艺术作品不管是视觉的还是听觉的，都必须是感性的。音乐也好、绘画也好，都是感性的。没有一个抽象的声音、一个抽象的形象，或者一个抽象的美。即使抽象绘画，还是有形象，最起码还得具有形式；而形式也是具体的。

这让我想起他的《灵山》，里面不论是"你""我"还是"他"，都是以心理感知为描写基础的，让人如坠云里，又仿佛缥缈在天上。

可是不可回避的是，要邀请理性参与其中，否则如果让感性过于自由发挥，那就像是放飞一只鸟儿，想让它回来，再次捕捉到它的声音，一睹它美丽羽毛的斑斓，都会成为泡影。如果要发挥感性，你就必须学会控制它，不是找只秃鹰去驱赶它，而是从你的手中抛出一条无形的绳索，或者给它建造一个穹顶，让它可以顺着你给的线索，找到回家的路。

这听上去有些残酷，但对表演者来说却是必须经历的。我更愿意把它理解成一次理性与感性的约会。这样一场约会，仿佛日月星辰般长久，一代代的人都在用各自的生命交织演绎着。

感性是自由的、多彩的、桀骜的，她需要舞台；那些蜂拥而至的掌声和赞美，给了她满足，却也让她陷入甜蜜的迷宫。唯有理性，就像是感性的影子，他理解感性，爱慕感性的美，却深知她的危险与疯狂，所以理性必须时时在旁，给予她鲜花，同时加以适时的提醒。这样，理性在让感性绽放光彩的同时，自己却保持着近乎冷酷的客观与批判。

创作的最终，落实在具象的表现之上，而非悬在半空虚而不实的道理之中。感性是感觉器官在接触后产生的，它与表现对象之间的关系具有直接性。但是，创作的感性，并不同于真实生活中的感性。如果我只能用我自己生活的情感与感知去对待创作，会发现所有的创作，都只是我自己一个人的白描写照，那该多么乏味与无力啊！

像那部饱受争议的纪录片《京剧》，我投入了大量的感情，其中镶嵌着那么多关于我的人生记忆与感伤，是感性的认知在推动着我，但我又必须承认的是，理性在其中也功不可没，两者缺一不可。我希望它能唤起受众当下聆听之时的感受，让那个声音形象打动受众。但是，就算你创作的艺术形象能唤起受众的直觉，那就算成功了吗？

渐渐地，我发现那些始于哲学方面的形而上的思辨和逻辑、那些判别、那些定义，似乎与艺术创作无关，但却可以让我从创作中跳出来，重新去审视自己，就像看别人的演出一样。我对自己以往的作品，批判多于欣赏，却也自得其乐。

倾听生命

境界是一种特殊的审美经验，来自艺术家的清明的意识，既排除观念又超越自我，用的是一双慧眼来加以观审。这也是出于一种内视，或者说用心来看，达到的这种超越现实的图像，或空寂，或森然，或明净悠远，或令人震惊。

——高行健《艺术家的美学》

倾听生命

在声音中相识

我们从黝黑的夜里,一直骑到了天明,雾将散去时,正好赶到学校。多年以后再提起,任谁都觉得难以置信,我却并无波澜——只觉得年轻时的生涩与无畏,仿佛是刻在时光中的作品,细数起来尽是无限的遐思与遗憾。

2017年年底,九方名座制作了访谈节目《我的同学李易》,由刘奇伟主持让我谈谈李易,于是我们坐在曾经满是李易足迹的演播厅里,聊起当年的他……

1982年9月,我和李易一起考入北京广播学院播音系,成为"82播"的一员,并且被分配到同一间宿舍——7号楼的416。

从那时起，我们就或被动或主动地，接受着生命中另一个声音的回响。

回想起我们一同走过的路，一起上课、一起练声、一起吃饭、一起侃山、一起实习、一起配音、一起发福……无奈，无奈，没能一起变老！

那一年，刚刚开学，我就记住了李易。他是班上的活跃分子，虽然是职工子弟，却没有半点倨傲，反倒是人缘非常好。工作多年以后，他仍然是那样笑嘻嘻地来往于各个录音棚。不论什么时候，也不论是否相熟，常常是你站在屋外，就可以听到他与人阔谈时抑制不住的爽朗笑声。

从很早开始，李易各种类型的配音工作基本就没有间断过。但是他很少独自完成，常常是把大活揽下，然后分给大家。不记得是从什么时候开始，他总喜欢拉上我一起，接得最多的，就是译制片的配音工作。

那时条件有限，我们从北京广播学院到中央人民广播电台，能用的交通工具只有自行车，于是常常是连续很多天，每天骑行四个小时，穿过大半个北京城，乐此不疲地往返于学校与录音棚之间。当年录音棚的条件不比今天，很多录音棚在地下室，常常是一间小小的、常有蟑螂出没的房间。但就是这样的环境，所有人一待就是十几个小时。夏天时闷热难耐，水泥地面上一片片的水痕，不是别的，是大家的汗渍。

尽管如此，我们依然兴致高昂。

记得有一次录完，又是深夜。我们骑车出来一看，北京已是满城迷雾，伸手出去只能看见自己的五个手指。再远个几米，就都是一片混沌了。我俩竟然没觉得害怕，想着不行就骑慢点，用一晚上的时间总是能到的。我们就那么骑上车了。

我们从黝黑的夜里，一直骑到了天明，雾将散去时，正好赶到学校。多年以后再提起，任谁都觉得难以置信，我却并无波澜——只觉得年轻时的生涩与无畏，仿佛是刻在时光中的作品，细数起来尽是无限的遐思与遗憾。

那时的我们经常会用动画角色调侃对方，"熊大屁股"是李易的外号，他欣欣然接受，甚至时常也拿来调侃自己。后来我参与的，还有国产动画片《蓝皮鼠和大脸猫》中的"大脸猫"、美国迪士尼《唐老鸭与米老鼠》中的"高飞"，还有日本《机器猫》（《哆啦A梦》）中那个经常欺负人的小胖子，我配的那个版本叫"大雄",于是身边的朋友、孩子,到现在都还在叫我"大雄",我也干脆给自己的微信起了"雄"这个名字。

卡通人物就像是我们未泯的童心,印象最深的,是美国的《加菲猫》。李易和我那时候已经有不少经验,我负责的角色是那只肥猫"加菲",而李易则是猫的主人"乔纳森"。这部剧从头到尾都是我们两个的对手戏,我们就像是一起战斗的队友,他是冲在前面、不知疲倦寻找方向的冲锋者,我则是那个全力完成任务、却安于低头坐在幕后的人。

后来的毕业实习,我们也是一起完成的。

当时上海电台对男播音员的需求很大,我俩的专业能力又比较突出,所以颇受他们的重视。他们将我们安排到招待所,只是这个招待所距离上海电台实在有点远,每天从江南码头到黄浦江边北京东路最远处,往返需要花费很长的时间。我们就商量着,不如主动与台里播音组的负责老师申请,哪怕是最小的房间让我们借住,也好过将时间浪费在路上。

终于,老师为我们找到了一个储物间。这个房间极小,刚好容下一张上下铺的床,只不过门一打开,上面的人就出不去了。于是每天我休息时，就先到下铺李易的床上，然后侧身从床的边缘处，蹭着墙来到另一面窗户外的阳台上，踩着窗框爬到上铺。上铺的空间狭窄，我几乎坐不起来。

寝室最奢侈的位置，就是门后的那一丁点空间，我们舍弃了开门的动作，找来一张小小的木桌，顶在那里。然后买来咖啡豆、咖啡壶和其他咖啡器具，喝着咖啡，嗅着满屋子的豆香，侃着我们年轻的人生。两个初到上海的北方大男孩，终于品味到了南方的惬意。

上海电台对我们颇为器重，从节目预报、天气预报到直播、户外转播等，所有相关的工作都让我们参与。我和李易忙得早起晚归，每次上床倒头就睡，次日又精神抖擞。

待到实习结束、毕业之时，我们终于还是选择了不同的发展路线。

我留在北京广播学院任教，就是现在的中国传媒大学；而李易则进入了中央人民广播电台，他那一句"欢迎收听中央人民广播电台"，成了20世纪90年代标志性的声音。

在后来的工作中，我们继续有着各种各样的交织。只是见面时，嘴上常常像上学时一样，天南海北地闲聊，对于对方在做什么却并不多言，仅默默地关注着彼此。

这样的情感有些复杂，既有"队友"变成"对手"后的暗中较量，也有对于朋友最自然的关心。我印象最深的，是李易录制的《环球影视》，我听后很感慨。因为我太明白，只有他的声音、他的习惯，才能达到那样放松、自然甚至享受的效果。一段时间里，它甚至成为我内心衡量作品是否"自然"的标准，不过我从未告诉过他。

现在想想，很难不说是一种遗憾。

他在大家的眼中，曾经是一个精力无限的狂人，因为他一去录音室，就是十四五个小时。这让我们误以为，他可以一直这样下去。

谁想得到，那个曾经最有活力的人，竟会最早告别人世。

在他的追悼会上，我只说得出一句话："乔纳森走了，加菲猫很寂寞。"

我眼中的李易，虽然并不完美，甚至有时我觉得他太过理性、现实，但是，就像他的老友刘奇伟送给他的称谓，从"李一本"晋升到"李一万"，他其实是那个时代声音语言从业者市场价值变化的见证者。

尽管很多人，包括我，都曾经认为他对于声音语言艺术的追求过于商业化。但到如今，却不得不承认，商业化是让某类艺术被更多人认识、了解、喜爱的发端，如果没有足够的市场，任何门类的艺术其传承都将愈来愈狭窄，直到成为某种"遗产"。

就此而言，若要说李易用他的声音打开了声音语言艺术最初的商业市场，是并不为过的。

李易对他的学生，也是尽心竭力地帮助与提携。现在，几乎每个他当年的学生提起他时都会心怀感激。我甚至会想，最适合形容他的词，大概就是"桃李满天下"了。

从我们相识到他去世，几十年的回忆中藏着太多的故事，我总是会在无意中谈起这位老同学，这就像是一种改不掉的习惯。时至今日，我去九方名座，进到当年李易常用的那间录音室，从打开灯的那一刻起，我仿佛又看见了：

那个总是试图撸直卷发的男孩；

那个脸上洋溢着自信、喜欢时尚的男人；

那个没日没夜工作，手扶监听不愿松开的表演者。

那个所谓"国王"般的声音，还萦绕在很多人的回忆里，我至今仍能听到。

声音的温度

> 我看见他戴着黑布小帽，穿着黑布大马褂，深青布棉袍，蹒跚地走到铁道边，慢慢探身下去，尚不大难。可是他穿过铁道，要爬上那边月台，就不容易了。他用两手攀着上面，两脚再向上缩；他肥胖的身子向左微倾，显出努力的样子。这时我看见他的背影，我的泪很快地流下来了。我赶紧拭干了泪。怕他看见，也怕别人看见。
>
> ——朱自清《背影》

每每提及与父亲有关的话题，我脸庞的右侧就会感到一阵温热。

《背影》(李立宏朗诵)

最近,在九方名座那间熟悉的录音室里,我又一次读起朱自清的《背影》。

在我脑海中,一遍一遍地出现的"父亲"的形象,似乎与朱自清眼中的父亲的背影渐渐重叠——朱自清笔下的父亲,那段他去买橘子的文字,在我脑海中浮现出一幅画面;那些化作文字的经历如此精致,一定是给创作的那个人留下了太深太深的印象,甚至让他受到了某种情感的刺激,在他脑中才会有如此清晰的印象,他才能极尽详细地将之记录下来——父亲一个人回家,家里什么人都没有了,独留他一人,那个在风中发呆的背影。

到这里,我的脸庞,渐渐地又感到了一阵温热。那是熟悉的温度,那种感受难以形容,我只知道它是有温度的,真实存在于我脸庞的皮肤上,明明周围空无一物。

在那个时候,作品与我之间没有丝毫罅隙,我悟出那样的道理、那些内容从何而来,又将如何传递,我都不甚关心。我只知道,自己在那一时刻成了"他",成了年轻时候的朱自清——我在叙述的,是我眼睛里看到的;我所表达的,是我内心最真实的、属于朱自清的情感。

就像是，在我脑海中描绘着的众多画面中，有一幅是朱自清回到徐州老家时的情景。见到父亲时，他站在台阶之上，而父亲站在院子里，朱自清以一种平视或者俯视的角度看着父亲。这种俯视不是对父亲的不尊重，而是觉得父亲在他面前变成了很真实的人，甚至对他有一些同情，同时又很矛盾；朱自清仍想着保护他父亲的尊严，不想怜悯他，可是父亲就站在你对面，你控制不了你的想法。这个形象太过真实、太过具象，会一下一下地啄着你，让你的心生疼。

而当我回到现实中，属于我父亲的那个温度仍旧还在，那么灼灼地烙印在我的脸颊之上，不曾消失。

我的父亲，曾经是家里的顶梁柱。他虽然暴躁，却并不专制。我和哥哥从小就畏惧他，但不知为何。我们也非常独立，也许是父亲用他的威慑刻意培养的？我再也无从知晓了。

父亲的性格具有那个年代的一贯特质，他不善言辞，却默默地关心、支持着我们。对于我的人生选择，并没有过多地约束。

记得小时候，我们要自己去上学、自己做家务，甚至跟家长见面的时间都不多。上高中的时候，家里搬到中国美术馆那边。我早起上学,五点多钟赶头班班车去学校,离开家的时候父母还没起床;晚上放学的时候,乘坐的是末班车,到家时他们已经睡下了。我更多的时间是在学校跟同学在一起。但是,高考落榜、复读、考取北京广播学院播音系,每一次人生的重大决定,几乎都受父亲潜移默化的影响。

直到今天,我依然记得他训我时的情形。当时,他就坐在家里的木质长椅上,而我站在他面前,低着头垂着眼不敢看他。他一只手放在腿上,另一只握着茶杯的手,猛地松开也撂到了腿上,却没发出声音。他瞪着我,声音虽大却并不吵,可是我却听不到他在说什么,我的思维仿佛停滞了,我就那样看着父亲,忽然觉得他怎么变大了——他从眼前的椅子上,一下子膨胀到了我的眼前,穿过我的头脑,几乎吞噬掉了我的身体;过了一会儿,又慢慢缩了回去,把我吐了出来;然后变得越来越小,甚至小到我已经"看不到"他。

就这样,他在我心里,曾经是绝对权威一般的存在。直到后来上了大学,尽管父亲变得温和,我却依然怕他,只是多了一份尊重与感激在其中。

记得有次父亲住院,我和母亲一起接他出来,然后我带着大家去吃饭，这应该是我生平第一次主动带父母出门聚餐（以前都是在家里，过节、生日、家庭聚会等等，重大的日子都是在家里过）。父亲在饭桌上显得很开心，母亲看到父亲开心了，她就开始夸我。那一刻我才意识到，自己对父母的照顾实在太少，反而一直是在受着他们和哥哥的照顾。想到这儿，一阵阵心酸涌上心头。

没过多久，有一天接到哥哥的电话，说父亲的病情突然恶化。我们把父亲从和平里医院转到中日友好医院，在那里医生给的诊断是脑出血，病灶位置在脑干部分，没有办法手术。等抢救成功了，就留下了后遗症。

从那以后，他病了整整五年，终于撒手人寰。这期间他的情况一直不太好。可能是因为长期卧床的原因，他的脾气异常暴躁，后期做身体康复，就连肢体运动他都不配合，还时常发脾气。

我印象中父亲的那些形象，在他病时全部颠覆了。

从他病倒开始，我母亲便寸步不离，稍有离开，父亲就会生气，甚至不吃不喝。那时候我有点替母亲发愁，然而回头一想，又觉得对父亲不太公平。这种心情很复杂，无法用言语说清。

记得有一次他病情发作，为了安全考虑，也为了其他病人考虑，睡觉时要限制他的行动，只好把他的四肢和床绑在一起。即便如此，他在发作时疼痛难忍，即使捆绑住他也是不够的。

那时，我同哥哥轮流看护。他有一次发作，我整个身体就压在他身上，没有别的办法。然而我压得住他的身体，却压不住疼痛，他当时意识不清，会本能地嘶声叫喊。我怕影响到病房里的其他病人，本能地瞪眼看向他，瞪眼的那一瞬间我的大脑就停顿在那儿，我怎么敢跟他瞪眼？这在以前是想都不敢想的事，我怎么能跟他瞪眼？！那个时候的父亲，那么可怜，那么无助！我对自己感到失望，甚至有些生闷气，觉得除了同情他，根本无计可施。

这就是他最后的日子，身体孱弱、经常发烧。对于这样的情形，我们只能徒然地看着。

父亲是在和平里医院去世的。他离开的时候，我不在身边。

那一次他又发烧了，我哥就把他送去住院。当时，大家都没有意识到病情会急转直下。我哥深知我的工作性质，他安排好医院的事宜之后已是傍晚，就没通知我。可是就在第二天一大早，父亲的病情突然恶化，不知道是什么原因，引起了他身体器官的衰竭。于是他就这样，毫无征兆地、不容我们思考地，突然离开了。

那时我住在中国传媒大学内的教师楼。一个许久未见的堂弟突然出现，我正好下楼准备去录音，看到堂弟我有点意外。堂弟匆匆走来，神色不太对劲，声音很低地跟我打了个招呼，仿佛就在耳畔，然后说："大爷（对我父亲的称呼）走了。"

其实我明白"走了"是什么含义，但是却仍旧反应不过来，我迷迷糊糊地自己开车到了医院。我先跑到病房，床铺已经换洗干净——他已经不在那里了。我跑去太平间，一路上我只是机械地行走着，脑中一片混乱，似乎我的意识一直在反复地纠结着"走了"的定义。

我终于看到了父亲，他就躺在像移动病床那样窄小的推车上，身上盖着白色的床单，散发着淡淡的酒精气味。因为是刚刚被推到这里，我哥当时在办理其他的手续，而父亲就躺在那张床上，还没有被推进冰柜。

那是第一次我不知所措，面对我仅有的、唯一的父亲，我忽然不知道该做什么好。

我不自觉地走过去，弯下腰想看清楚。他就那么躺着，他的脸看起来那么清瘦、那么严肃。他就像是睡着了，只不过嘴唇上少了些许的血色。

我缓慢地俯下身体，把我的脸紧紧地贴在他的脸上。我想感受他的呼吸，我想呼唤他再次醒来，这样的举动是第一次，当然也不会再有下一次了——曾经，他醒着的时候，我们都没有过这样亲密的触碰，以后也永远不会再有了。

也许那时他刚走不久，我仍旧能感觉到他的体温，就那么贴着他的脸，不知有多久。等我挪开脸时，那个温度、那种触感，仿佛还留右侧脸颊上，那是属于父亲的温度。

从此以后，我每每工作时，但凡听到"父亲"的声音，右侧脸颊上的温度就会回来，而且是那样真切，让我总觉得一伸手就可以摸到什么。

我一直在思考，艺术的真实和生活的真实是如何界定的？它们之间的关系又当如何？究竟是审美上的真实还是对现实的临摹？就像《背影》，我明明看见的是文中的形象，为什么会将我父亲的样子与之重合叠放？

这些东西在这样的作品里很真实地存在着，我根本就不用再花费过多的时间去考虑如何处理，只需要稍微调整，就可以任由情愫与记忆的感知画面生效。那些该出现的情绪，放它出来，然后跟随着它，点燃脸颊上的温度。

父亲的离开、老友的去世，经历了生命的逝去，我无法不产生变化。那应该是难以抗衡的力量，不论是推力还是阻力，都是我注定必须接受的事实，毕竟它是人人都逃不脱的循环。当你经历了那一刻，开始懂得用"心"去看待人生，就像是完成了淬炼，成为一个完整的人，将源于灵魂的热度融入声音。渐渐地，你会发现，属于你的作品呈现的将是带着你的温度的故事，而受众听见的是带着你的故事的声音。

敏感,再敏感

米开朗基罗曾经说过:"在艺术的境界里,细节就是上帝。"

而我的答案则是"敏感"。

父亲带来的触动,也是我人生这个阶段的重要经历。从他病倒到离世,大概经历了五六年的时间,我说不上这个过程当中我是怎么了,我的内心发生了怎样的变化,可是就在这样的经历之中,在这样的节点之上,父亲的病与离世,让我变得比以往更加敏感,也比以往更加脆弱。以至于现在,经常会因为听到一些音乐或他人高兴时、难过时的话语,甚至看到某些画面和文字,不知为何我的身体和心理就会产生某种反应,进而生出一些情绪。

我爱人经常笑我:"你这个人现在怎么情绪来得这样快啊,这么容易就会流泪?"

不是我真需要用泪水来抒发自己的情绪,而是我自己控制不了。我也不知道其中的原因,但是自己却不能不承认——我比之前敏感了,我甚至觉得可能比很多人都还敏感一些。这对我来说,也许是件好事。

我参与录制的一档朗读节目《向经典致敬》,其中一首便是余秋雨的《门孔》。他笔下的谢晋老师,他笔下的谢家的那几个孩子,他笔下的父与子以及他们的情与痛,在娓娓道来中隐含着深厚的情感与温度。

《门孔》片段
(李立宏朗诵)

谢晋说的门孔,俗称"猫眼",谁都知道是大门中央张望外面的世界的一个小装置。平日听到敲门或电铃,先在这里看一眼,认出是谁,再决定开门还是不开门。但对阿三来说,这个闪着亮光的玻璃小孔,是一种永远的等待。他不允许自己有一丝一毫的松懈,因为爸爸每时每刻都可能会在那里出现，他不能漏掉第一时间。除了睡觉、吃饭，他都在那里看。双脚麻木了，脖子酸痛了，眼睛迷糊了，眉毛脱落了，他都没有撤退。

从录音室中走出来时，我平复了我的情绪。我知道大家哭了，我也哭了。

我相信，如果我要找到跟别人的某种联系，我必须先相信这种联系的存在，所以才有了"我去寻找"这一动作，特别是当你对结果深信不疑时，那么"寻找"这个决定对你产生的作用与影响，就会变得意义非凡。如果你根本就没有意识到自己到底信任与否，只是刻意地想找到这种联系，那么它对你的影响自然就是有限的。

而我是真的相信，并且愿意去寻找其中的联系。即使在寻找的过程中没能意识到那个联系的最终形态，但是在寻找的过程中，就已经得到了一些收获。这种收获会变成实实在在的影响，在潜移默化中扎下深根，而且不再需要另一个专门消化这一收获的过程，因为它已经在内心转换成了某种珍贵的能量。

可以说，这就是生命本身的能量。

"敏感，敏感，再敏感"，时刻保持敏感是我对自己最多的提醒。对于你周围的那些人以及发生的事，你能经历的、你能感知的种种，你甚至可以将这些感知当作是某种机缘安排好的因果。

敏感又同欲望看齐。你接收到的内容或许并不多，但要有欲望，欲望能驱动你去进一步了解、探究。你会想要知道得更多，并且转换成自己积攒的内容，然后渴望去传递、去表现；甚至更深一层，去想象他人接收时的重点。要善于运用敏感去积攒，最终敏感和欲望将化为情感表现的突破口。

在录制演讲词的时候，最初我是有些顾虑的。

将十篇世界知名的演讲罗列在一起，且无法得知手机那端听众的状态，他们倾听的环境与心态的特殊性是什么；如何区分其中的异同，如何替每一个人物开口，才能让观众准确地接收到经由我所传递的信息，而不至于造成人物上的混淆，这实在是一个难题。

受众可能因为新奇而接收第一个作品、第二个作品，那么在巨大的文化差异下，到第三个演讲时，恐怕受众就会产生倦怠感了，第四个、第五个之后，甚至有些人会产生抵触情绪，而这并不是我想要的结果。

对于作品，我害怕千篇一律固定的形式。缺少了创新，也就失去了创作的意义，为此我很庆幸，我知道避免这一切需要的便是敏感。同时我又担心丢掉这份敏感，我害怕停滞不前。创作的历程本就充满了艰辛，一旦停下脚步，那就是你转身后退的开端。我需要一种力量去驱动自己，保持这份敏感。

就像马丁·路德·金的《我有一个梦想》。我感受到的是一种发自内心的感性、沉稳、自然，没有丝毫煽动性的优美儒雅的语言在表述，这样一个人的内心有多么强大啊！

> 我梦想有一天，幽谷上升，高山下降；坎坷曲折之路成坦途，圣光披露，满照人间……有了这个信念，我们将能从绝望之岭劈出一块希望之石。有了这个信念，我们将能把这个国家刺耳的争吵声，改变成为一支洋溢手足之情的优美交响曲。

甚至，我忽然想起拉迪亚德·吉普林写给儿子的《如果》：

如果在众人六神无主之时，

你能镇定自若而不人云亦云；

如果在被众人猜忌怀疑之日，

你能自信如常而不去妄加辩论；

如果你有梦想，又能不迷失自我；

如果你有神思，又不至于走火入魔；

如果在成功之中能不喜形于色，

而在灾难之后勇于咀嚼苦果；

如果听到自己说出的奥妙，

被无赖歪曲成面目全非的魔术而不生怨艾；

如果看到自己追求的美好，

受天灾破灭为一摊零碎的瓦砾，

也不说放弃……

  我眼前出现了一个清晰的形象，他应该是一个个头不高，有着黝黑的皮肤、坚定的眼神，或许还有一撇小胡子的人，给人稳如泰山、坚毅温和的形象。他的穿着是得体的，不是一个另类的人，他的内在情感异常丰富、睿智、善于言辞，有着强大的逻辑思维能力，他是一个智者，也是一个斗士。

创作就像一张大网，每一个关节处都有灵感闪现，而连接这些灵感的，是每个人的"敏感"。

我脑海中经常蹦出的词就是"敏感"，这是个必经的磨炼过程。就像锻造一把刀，你完成了刀身整体的工艺，也对刀锋进行了开刃处理，很多人会认为刀的外形美观、刀刃锋利是最关键的，可在我看来，锻造以及磨炼的过程并不是全部，也不是关键所在，更重要的是你能否驾驭这把刀，能否找到与刀之间的感觉，找到握刀的感受，使用这把刀是否能做到像庖丁般游刃有余。

这种锻造与磨炼，就像是对声音技巧的追求，要找到自己作为演员也好，主持人、播音员也罢，自身把控的重点。声音这个工具不是外来的，就在你自己身体之上。你在磨炼你自己、锻造你的工具的同时，还要找到你自己跟工具之间的关系，就是要让它最终的使用落于你的身上，你能真正地把控它。

米开朗基罗曾经说过："在艺术的境界里，细节就是上帝。"

而我的答案则是"敏感"。

捕捉人性的瞬间

当你无限要求自己保持敏感之时,悄悄地另一扇大门便打开了——这里有各种情绪、欲望、善恶、美丑、崇高或卑微。你能感受到,这个世界充满的不是你所看到的"物质"实在,而是所有人的心性。面对它,你睁开双眼,却难逃"失明",你只能用心去捕捉。它对每一个人都产生影响,它是复杂与纯粹的化身,它充满了各类艺术家所追求表达的那种美,它的名字叫"人性"。

蒲剑执导的《宽恕》,是一部关于人性回归的文艺电影。看到剧本的时候,我多少有些激动。男主角余宏伟纠结在人性的泥沼中,在剧情中他解脱了,但在现实中,每个"他"都还在挣扎着,渴望洗涤灵魂,获得救赎。

电影是我寻找的新的挑战,从录音棚的二维画面到现场的参与,让肢体语言与声音语言相结合去演绎他人的人生,对于我而言是非常珍贵的体验,获得的是不同的人生体悟。这是一个实现的过程,我可以将我曾经的那些关于人物的想象付诸实际,将自己真实地还原成"那个人",而在艺术表现上,我又将对于表达的那一瞬间的状态变化,转化为对声音语言的更深层次的理解,那是基于人性的最真实认知。

但是这一切的一切,完全依附于对自身的要求吗?还是人性践行中最基本的欲望体现?人性在此时此刻成为"生命的哲学",关于人性与作品之间的讨论与理解,是我现在越来越偏重的方面。

我曾经播讲过《越狱:徐洪慈——中国版肖申克的救赎》,徐洪慈故事的作者在最后写道:"一粒小麦落地,很孤独,但如果它坚持着,就会孕育无数的小麦……"

这部作品砸中了我的内心,徐洪慈的经历是何等的坎坷,那些发生在他身上的磨难,那些人性的丑恶与屡次崩塌的希望,其中任意一次的经历,都可以改变一个人的一生,足以让人意志消沉,甚至自暴自弃放弃生命。然而徐洪慈却活出了自己的人生。

"在一个极权社会里,人在精神上的'直立',比人类在进化过程中躯体的直立更加艰难。"这段文字我反复读了很多次,查找资料并阅读了与他的经历相近的几个故事,试图去拉近我同徐洪慈的距离,但总觉得空泛——那种恶劣的人生环境,死亡与之相比都是愉悦之事,那样的心境未曾经历又如何去接近呢?

这个故事中提及的人物,有着鲜明的性格特色,他们或是善良的,或是蛮横的,或是忠厚的,或是糊涂的。每一个人都有着决定性的价值,在那些善意下的帮助和恶意的踩躏中,徐洪慈遭遇的是对人性的失望——从信任到破碎到摧毁到重建。然而一次又一次的磨炼,最终却造就了永不服输的灵魂之力。

徐洪慈:"不被征服就是胜利!"

从风华正茂的医学院学子,到亡命天涯流放27年的坚守者,他的睿智和勇敢是辅助他生存的最大"技术"。不论在多么恶劣与敌对的环境下,他都能展现出自己的智慧与果断。比如在狱中,他教狱友用白酒除去鞋内的臭味；比如在逃亡时，挖十字槽助燃散烟；比如他在接受蒙古法庭审问时的激辩言辞。徐洪慈人性中的善良与"本我"从未消殆——在河中涉险时，他想到背叛他的女朋友安娜；在离开祖国边境逃往蒙古前，他面向南方跪倒惜别；在蒙古法官巴依玛让他说出有关祖国的情报时，他的回答却是拒绝。

对这个问题，徐洪慈是这么总结的：我在自己的专业上，在自己原先的人生抱负上，我一无所成。像我这样的人，应该怎么说呢？对那种残酷环境、恶劣环境的反抗，这种个人的成功、人格上的成功，我这一生，只有这一点。我心足了。这一点，我对得起自己。

他跪拜南方是对祖国的感念，坚定的答案是忠诚的信仰。种种的一切都在说明，徐洪慈这个人，将他灵魂中的闪光点发挥到了极致。

一个人濒死前的想念，常常是原谅和救赎。他面对的，将是多少人的赎罪啊，他却能够坦然如故。如果他没有经历那样的坎坷，也许我们也无从发现这样耀眼的人性光辉。

不论是感性还是理性的理解，对于人物内心的分析与猜想，那种特殊的切身感受，不是只停留在头脑中，一定跟你的身体有着密不可分的关系。如果你的身体没有任何反应，我觉得你所感受到的东西是不牢靠的，甚至可能是假的。真正的感受一定会在你身体上引起某种变化，然后再将这种变化倒转逆行表现出来，反反复复相互作用，你才会有越来越多的想法与持续的想象，来应对各种变化。

这种体验，并不是来自技巧或学科学习，而是源于你内心的"敏感"。在心理学上，与之相似的是"移情"或"同理心"。"敏感"还包含了一层含义，仿佛来自你的每一个细胞的觉醒，重复不断地以新的视角去看自己、看别人，哪怕是一瞬间的念头或心性的触动，都足以成为值得细细品味的肴馔。

世界是用来听的

人生是一次聆听的旅行

我想起印度的克里希那穆提,他让我们《聆听万物之美》,让我们不要被眼睛所遮蔽,而是去跳脱这一切,"单纯地看着日出或日落"。

这其中最重要的,应该是聆听生命了。我们眼前的一切,已经充满了繁华与虚浮,背后的真实已经被厚重的装饰所遮蔽。在这样的复杂中,还可以直击人心的,唯有静默的"听"。

生活中最难的事情,就是听。我们习惯于看这个世界,误以为看到的就是真实的,但是看清楚外在的事物,并不意味着就清楚了内在的世界。

前些日子,我在九方名座的朗诵艺术团征集活动中听到了《屈原颂:生死交响》:

人们都说千古艰难唯一死,都不知道活着也是需要理由的。面对生死,你不想选择,却别无选择;你认真思考,却无从思考;你想回避,却无法回避。于是你选择了超越。

它不免让我生出了某种心绪。记得徐涛曾经不止一次在舞台上朗诵这部作品,而今,由另一个略显青涩的声音演绎出来,一个在舞台之上充满了朝气、执着于理想的年轻人。听着他讲述着自己的经历,我忽然很好奇,他热爱的是什么?他正在寻找的生命的意义是什么?

这样一场比赛,目的似乎是在汇集有某种声音能力的人,其实它达到的效果却是让一群风格迥异、各有故事的人相遇,从他人身上找到另一个自己,然后再去交织、融会,创造彼此的故事。

这样的意义,已经超出一场选拔,而是对每个人的人生追求进行的一种回应。我很庆幸自己没有用评分作为唯一的标准,我力图让自己更纯粹地去听他们的声音,透过舞台的灯光,从他们精心修饰的仪容之下,感受他们每个人所珍藏的那个真实的自己,体会他们绽放出的独特魅力。

我想起印度的克里希那穆提,他让我们《聆听万物之美》,让我们不要被眼睛所遮蔽,而是去跳脱这一切,"单纯地看着日出或日落"。

这其中最重要的,应该是聆听生命了。我们眼前的一切,已经充满了繁华与虚浮,背后的真实已经被厚厚的装饰所遮蔽。在这样的复杂中,还可以直击人心的,唯有静默的"听"。

我想抛开表象,在聆听中去理解生命、理解人生。

记得早年配纪录片《京剧》时,我还没有这样的思考。当时,自己投入了大量的情感、精力去做这部作品,面对事与愿违的结果,我多少有些落寞。直到现在,我才意识到,很多时候、很多事情,"看"到的结果往往会桎梏住你。

《京剧》从创作到录制完成,整个过程我全情投入、几乎忘我。它所包含的种种信息、人和事,都与我有着某些重要的情感连接,那是记忆的一种形态,儿时的、家人的、邻里的……这些情愫在潜移默化中对我有所影响——我虽不是京剧的铁粉,但是从小在家对父亲的爱好耳濡目染,所以对它多少有些熟悉。后来,我发现我的邻居也是个戏迷,他是一位上了些年纪的中学语文老师。我还记得那时的画面：我们住的是平房，做饭只能使用院子里搭建的简易炉灶，我邻居的窗前放着一台电视机，每次做饭，他就会打开窗子，一边看着电视一边做。一旦有京剧播出，我就会站在旁边看，邻居会一边做饭一边给我讲，讲戏里面的故事，讲解戏词，有时他还会讲一些传统文学的内容，"劝千岁杀字休出口，老臣与主说从头，刘备本是那中山靖王的后，汉帝玄孙一脉留"。唱到《甘露寺》时，他便会同我讲《三国演义》《三国志》的区别，诸如这个人物的形象差别、那个角色的变化，等等。太多的回忆和情感拉扯着《京剧》与我，如果只看表象，连我自己都没有察觉到。

遗憾的是，《京剧》播出之后，因为某些原因，产生了很多的争议，甚至几方面的人都在批评它。但是以我个人的角度，以我对创作团队接触的角度而言，我很自然地将自己看作是其中的一员，我很确定每个人的认真与用心，于是颇为剧组感到不平。

后来我意识到，我们渴望别人在"观看"时体会到我们付出的真诚与心血，这本身就存在着巨大的鸿沟。毕竟，京剧作为一个剧种，不同于美食，它表达的多是抽象的理念与符号，在现实中这些理念与符号会被解读为各种各样的存在，它们由画面传递出来的时候，注定要再一次被"曲解"。

至于创作人员在画面背后的付出，早已被遮蔽在画面与文字之下。对于受众来说，你不能要求不在场的他们去理解在场者的经验。这样的一次创作挑战，注定要受到广泛的质疑。

这是这个时代以这样的媒介去勾连人们的感知与理性时，必然要发生的情况。除非哪一天，我们不再受限于双眼，就像我所希望的，纯粹"听"就可以懂得彼此。这样的"听"，也不再局限于"器官"，而是我们感知世界的方式发生了某种进化，从最浅层的"表象"进入了相对的"内里"。

我探寻这些问题的答案的过程，让我似乎在不断地接近真正的自己。我意识到我钟爱表演艺术，我渴望通过自己的声音、肢体带给世人感染力，这是情感的抒怀，也是对另一种沟通的寻觅。

这些年来，我如果不是有幸拥有大量的机会，聆听到那些创作者、那些活生生的角色的心声，像《宽恕》中的余宏伟、《北平无战事》中的何其沧、《魁拔》中的村长、《X战警》中的万磁王、《新丝绸之路》中的"教授",我也很难意识到,一种纯粹从声音出发达于人心的可能性的存在。

我庆幸自己仍旧将思考当作习惯,即使眼见的风景有了些许的变更,在我眼中却未曾褪色,依旧美丽;我庆幸自己并不在乎生活的偏重有了位移,而依然对创作有着自己的执拗;我庆幸仍旧怀抱着自己的梦想,才在声音中发现了属于人性的光华。

人生,就是一场聆听的旅行。

声音的世界

声音不仅是回旋在耳中的微小振动，它更是一种力量，语言又将这种力量植入灵魂的最深处。它能将事物变得很轻，也能将之变得沉重，像是每一个我口中的角色，像是每一篇我口中的诗文，像是每一段我想要讲述的故事。

它可以承载记忆，缕缕乡愁中镌刻着悲凉的美感，就像郁达夫在《故都的秋》中的诉说：

> 不逢北国之秋，已将近十余年了。在南方每年到了秋天，总要想起陶然亭的芦花，钓鱼台的柳影，西山的虫唱，玉泉的夜月，潭柘寺的钟声。在北平即使不出门去吧，就是在皇城人海之

中,租人家一椽破屋来住着,早晨起来,泡一碗浓茶,向院子一坐,你也能看得到很高很高的碧绿的天色,听得到青天下驯鸽的飞声。

它可以传递力量,磅礴且充满了撼动天地的能量,就像帕特里克·亨利在《不自由,毋宁死》中所说:

先生们,战争的胜利并非只属于强者。它将属于那些机警、主动和勇敢的人。何况我们已经别无选择。即使我们没有骨气,想退出战斗,也为时已晚。退路已经切断,除非甘受屈辱和奴役。囚禁我们的枷锁已经铸成,叮当的镣铐声已经在波士顿草原上回响,战争已经无可避免——让它来吧!我重复一遍,先生,让它来吧!

它可以委婉动人,让你浮想联翩置身其中,就像徐志摩在《再别康桥》中说的那样:

寻梦?撑一支长篙,

向青草更青处漫溯;

满载一船星辉,

在星辉斑斓里放歌。

但我不能放歌，

悄悄是别离的笙箫；

夏虫也为我沉默，

沉默是今晚的康桥！

它可以撰写思恋，在淡淡然中叙述着最深的想念，就像老舍在《想北平》中说的那样：

> 可是，我真爱北平。这个爱几乎是要说而说不出的。我爱我的母亲。怎样爱？我说不出。在我想做一件讨她老人家喜欢的事情的时候，我独自微微地笑着；在我想到她的健康而不放心的时候，我欲落泪。语言是不够表现我的心情的，只有独自微笑或落泪才足以把内心表达出来。我爱北平也近乎这个。

它可以映射人心，在诙谐的话语中塑造虚伪逢迎的人生，就像契诃夫在《变色龙》中的对话：

> "将军家的厨师来了，我们来问问他吧。

喂，普洛诃尔！你过来，亲爱的！你看看这条狗。是你们家的吗？"

"瞎猜！我们那儿从来也没有过这样的狗！"

"那就用不着费很多工夫去问了，"奥楚蔑洛夫说。"这是条野狗！用不着多说了。既然他说是野狗，那就是野狗。弄死它算了。"

"这条狗不是我们家的，"普洛诃尔继续说，"可这是将军哥哥的狗，他前几天到我们这儿来了。我们的将军不喜欢这种狗。他老人家的哥哥喜欢。"

"莫非他老人家的哥哥来了？乌拉吉米尔·伊凡尼奇来了？"奥楚蔑洛夫问，他整个脸上洋溢着动情的笑容。"可了不得，主啊！我还不知道呢！他是要来住一阵吧？"

它可以触动灵魂，在细腻质朴中蕴藏人性的光辉，就像栗良平的《一碗阳春面》中这样说的：

"这时哥哥说什么……"弟弟疑惑地望着哥哥。

"因为突然被叫上去说话，一开始，我什么

也说不出……'诸君一直和我弟弟很要好，在此，我谢谢大家。弟弟每天做晚饭，放弃了俱乐部的活动，中途回家。我做哥哥的，感到很难为情。方才，弟弟的《一碗阳春面》刚开始读时，我感到很丢脸。但是，当我看到弟弟激动地大声朗读时，我心里更感到羞愧。这时我想，决不能忘记母亲买一碗阳春面的勇气。兄弟们，齐心合力，为保护我们的母亲而努力吧！从今以后，请大家更好地和我弟弟结成朋友。'我就说了这些……"母子三人，静静地，互相握着手，良久。继而又欢快地笑了起来。和去年相比，像是完全变了模样。

它可以是深沉的慈爱，用最平实的声音跨越生死轮回的痛楚，就像余秋雨在《门孔》中这样说道：

直到今天，谢晋的小儿子阿四，还不知道"死亡"是什么。

大家觉得，这次该让他知道了。但是，不管怎么解释，他诚实的眼神告诉你，他还是不知道。

十几年前，同样弱智的阿三走了，阿四不知道这位小哥到哪里去了，爸爸对大家说，别给阿四解释死亡。

两个月前,阿四的大哥谢衍走了,阿四不知道他到哪里去了,爸爸对大家说,别给阿四解释死亡。

现在,爸爸自己走了,阿四不知道他到哪里去了,家里只剩下了他和八十三岁的妈妈,阿四已经不想听解释。谁解释,就是谁把小哥、大哥、爸爸弄走了。他就一定跟着走,去找。

它可以是至深的亲情,在真挚细腻中带着深邃的温度,就像朱自清在《背影》中说的那样:

我说道,"爸爸,你走吧。"他望车外看了看,说,"我买几个橘子去。你就在此地,不要走动。"我看那边月台的栅栏外有几个卖东西的等着顾客。走到那边月台,须穿过铁道,须跳下去又爬上去。父亲是一个胖子,走过去自然要费事些。我本来要去的,他不肯,只好让他去。我看见他戴着黑布小帽,穿着黑布大马褂,深青布棉袍,蹒跚地走到铁道边,慢慢探身下去,尚不大难。可是他穿过铁道,要爬上那边月台,就不容易了。他用两手攀着上面,两脚再向上缩;他肥胖的身子向左微倾,显出努力的样子。这时我看见他的背影,我的泪很快地流下来了。

它可以是一种味道，凝聚了美食与人文的碰撞与遐想，就像纪录片《舌尖上的中国》中讲的那些：

> 大多数美食，都是不同食材组合碰撞产生的裂变性奇观。若以人情世故来看食材的相逢，有的是让人叫绝的天作之合，有的是叫人动容的邂逅偶遇，有的是令人击节的相见恨晚。人类活动促成了食物的相聚，食物的离合也在调动着人类的聚散。西方人称作"命运"，中国人叫它"缘分"。

它可以是心之镜像，抑扬顿挫间由含蓄压抑到梦之升华，就像杜甫在《茅屋为秋风所破歌》中的情怀：

> 安得广厦千万间，大庇天下寒士俱欢颜，风雨不动安如山。呜呼！何时眼前突兀见此屋，吾庐独破受冻死亦足！

它可以是淡紫色的，在静谧无声中荡漾着哀伤与抉择，就像川端康成在《父母的心》中说的：

> 父亲抽泣地说："对不起。昨晚我们一夜没合眼，女儿太小了，真舍不得她。把不懂事的孩子送给别人，我们做父母的心太残酷了。我们愿意把钱还给您。请您把孩子还给我们。与其把孩

子送给别人，还不如全家一起挨饿……"

它可以是一种情怀，用不那么直白的朦胧告慰内心的情殇，就像汪曾祺在《人间草木》中说的：

> 在黑白里温柔地爱彩色，在彩色里朝圣黑白。浮云一别后，流水十年间。曾经知己再无悔，已共春风何必哀。虔诚地呼唤风。那一刻，人与天有种神秘又真诚的交流。光才是现实世界，而树木不过是用来反映和折射光线的间隔物。愿你自己有充分的忍耐去担当，有充分单纯的心去信仰。

它可以是决心，在艰难逆境中坚持前行的跋涉人，就像迟子建在《泥泞》中所说：

> 我热爱这种浑然天成的泥泞。泥泞诞生了跋涉者，它给忍辱负重者以光明和力量，给苦难者以和平和勇气。一个伟大的民族需要泥泞的磨砺和锻炼，它会使人的脊梁永远不弯，使人在艰难的跋涉中懂得土地的可爱、博大和不可丧失，懂得祖国之于人的真正含义：当我们爱脚下的泥泞时，说明我们已经拥抱了一种精神。

从过去到未来，声音的力量从来就在那里，它不仅仅是声波传递、人与人感知的重要介质，它还是一种可以驻留在时间、空间之外的存在。闭上眼睛用心去聆听，你也许会看见与我一般的风景。

因为，世界是用来听的。

后记与致谢

后记与致谢

我觉得自己很幸运，从19岁考入北京广播学院播音系，与"声音"结缘至今，转眼已经将近40年。这些年里，当我全情投入工作时，家人给予了我莫大的支持。渐渐地，在我的生活中，工作已经扎根在每一个角落，成为每天的一部分。我慢慢意识到，自己肩负的责任，不仅仅是自己的工作，更是一个行业、一个领域的未来。

我曾在《声音的困局》中提到，声音语言艺术在国内大众的心中并没有足够的辨识度。现在看来，如果要打破声音的困局，提高它的市场认知度是必不可少的环节。就像李易，他可以说是最早一批让声音语言的创作体现出市场价值的从业者。我们之间的缘分，也建立在对"声音"共同的热爱之上。当我看到现在的年轻人，带着他们与"声音"有关的梦想汇集在九方名座时，我知道当年大家推动行业崛起的梦想，已经拉开了帷幕。

没想到的是，李易太早离开我们，现在已经换我作为九方名座的合伙人，去见证这一切。

我作为一名教师还有一项责任，就是创作这样一本书，它既是我对热爱的行业所做的一些思索与探寻，也是为了让声音语言艺术以另一种形式为大家所了解、认识。另一方面，在我脑海中，时常回荡着博尔赫斯的一句话："我写作不是为了名声，也不是为了特定的读者，我写作是为了光阴流逝使我心安。"我相信自己通过这样的过程，可以找到散落在琐碎中的声音灵感，也希望每一个读这本书的人，找到属于自己的"声音"。

最终，书的出版要感谢许多人，尤其是刘奇伟，是他一直在锲而不舍地推动着我的进展，让我能够心无旁骛地把自己这些年来的所思、所想整理出来。

还有我挚爱的家人、朋友、同事，大家的支持与理解已经成为我生活的一部分。在如今的时代，这一切是多么的不易与珍贵，我深感幸福。在此，谨以此书表达我心中的暖意与感谢。

李立宏

2018年2月8日

图书在版编目(CIP)数据

世界是用来听的 / 李立宏著. —北京:中国传媒大学出版社,2019.1
ISBN 978-7-5657-2425-1

Ⅰ.①世… Ⅱ.①李… Ⅲ.①随笔—作品集—中国—当代 Ⅳ.①I267.1

中国版本图书馆 CIP 数据核字(2018)第 267874 号

世界是用来听的
SHIJIE SHI YONGLAI TINGDE

著　　者	李立宏
策划编辑	欣　雯　秋　实
特约策划	文思慧　王　谷
责任编辑	李水仙　程　平
封扉设计	大鹏设计
责任印制	曹　辉
出版发行	中国传媒大学出版社
社　　址	北京市朝阳区定福庄东街1号　邮编:100024
电　　话	86-10-65450528　65450532　传真:65779405
网　　址	http://www.cucp.com.cn
经　　销	全国新华书店
印　　刷	北京中科印刷有限公司
开　　本	880mm×1230mm　1/32
印　　张	黑白 7.25　彩色 0.25
字　　数	126 千字
版　　次	2019 年 1 月第 1 版
印　　次	2019 年 1 月第 1 次印刷
书　　号	ISBN 978-7-5657-2425-1/I·2425　　定　价　69.00 元

版权所有　　翻印必究　　印装错误　　负责调换